女人味的昨天、今天和明天

宫本百合子随笔集

〔日〕宫本百合子 —— 著

彭清 —— 译

贵州出版集团
贵州人民出版社

图书在版编目（CIP）数据

女人味的昨天、今天和明天：宫本百合子随笔集 /
(日) 宫本百合子著；彭清译. -- 贵阳：贵州人民出版
社, 2023.9
　　ISBN 978-7-221-17747-6

Ⅰ.①女… Ⅱ.①宫… ②彭… Ⅲ.①随笔—作品集
—日本—现代 Ⅳ.①I313.65

中国国家版本馆CIP数据核字(2023)第140795号

NÜRENWEI DE ZUOTIAN、JINTIAN HE MINGTIAN: GONGBEN BAIHEZI SUIBIJI

女人味的昨天、今天和明天: 宫本百合子随笔集

[日] 宫本百合子　著

彭　清　译

出 版 人	朱文迅
选题策划	后浪出版公司
出版统筹	吴兴元
编辑统筹	尚　飞
策划编辑	陈怡萍　杨　悦
责任编辑	陈丽梅
特约编辑	陈怡萍
装帧设计	墨白空间·Yichen
责任印制	常会杰
出版发行	贵州出版集团　贵州人民出版社
地　　址	贵阳市观山湖区会展东路SOHO办公区A座
印　　刷	嘉业印刷(天津)有限公司
经　　销	全国新华书店
版　　次	2023年9月第1版
印　　次	2023年9月第1次印刷
开　　本	889毫米×1194毫米　1/32
印　　张	7.25
字　　数	143千字
书　　号	ISBN 978-7-221-17747-6
定　　价	58.00元

读者服务：reader@hinabook.com 188-1142-1266
投稿服务：onebook@hinabook.com 133-6631-2326
直销服务：buy@hinabook.com 133-6657-3072
官方微博：@后浪图书

贵州人民出版社微信

目　录

卷一·

女靴之迹

虽然我喜欢的故事和女主人公不止一个，但当下我感兴趣的是罗曼·罗兰的长篇小说《欣悦的灵魂》中的女主人公安乃德。这部小说和《约翰·克利斯朵夫》一样，描写了一名叫作安乃德的女性的一生。第3卷刚刚发行，名字是《母与子》。由于我还没有读过，因此在我心中，安乃德的人格形象尚处于发展塑造之中。

基本上，国外真正伟大的作家常常描写女性，对此我感到很钦佩。托尔斯泰描写了实际生活中存在的女性，前面提到的罗曼·罗兰也在《约翰·克利斯朵夫》中描写了多位鲜明生动的女性人物。罗曼·罗兰对女性的理解细致入微。有天生魅惑、轻佻美丽的上流千金弥娜；有慵懒安闲、天真可爱、身姿婀娜的萨皮纳，她虽耽于恋慕，可一旦克利斯朵夫和她的房间之间的窗子关上了，她就再没有勇气打开；有白皙美丽，如野兽一般强壮的阿达；有代表了法国诚实正直的品质，具有天主教之美的安托瓦内特；有如烈火洪流般的阿娜；还有认为男人总是自以为是地爱着女人，实则不关心她们的亚诺太太，她受够了家庭生活，充满了不满情绪，却在面对"一个几乎是敌对女性的社会中，不得不独自生活的女性会感到恐怖的环境"时缩手缩脚，最终放弃抵抗，成了一个好妻子。

她们都是让人感兴趣的女性，但安乃德的有趣之处在于她是现代知识阶层女性的代表。《约翰·克利斯朵夫》中的女性各自拥有丰沛的情感和丰富的性格，却缺少现代女性的理智。她们不自觉地凭着性子生活，顺从自己的境遇。

安乃德的内心对自己想要过什么样的生活有着充分的自觉，即便要为此反抗所处环境中的一切，她也想要自己决定生活方向、方式和内容。从时代上来看，安乃德是比亚诺太太更为年轻的一代。安乃德同父异母的妹妹西尔薇是个不折不扣的巴黎市民——无产阶级，对现实不抱幻想，机智又务实，她将恋爱和结婚明确区分开来，认为"恋人要有趣，即使有点危险也无所谓，但丈夫必须是可以一起长久生活下去的坚韧之人，即便他有些无聊也没关系"。与之相反，安乃德是一个理想主义者。安乃德爱上了某个将来想进入政界的年轻人。但当他们走到要结婚的地步时，安乃德却感到痛苦，她不认同腐败的政界，也不认同那位青年善良却极其平庸的婚姻观。安乃德的内心有着不羁的自由精神，她无法用心灵的力量将此扼杀。然而，作为一名成熟的女性，安乃德渴望爱情，并怀抱着巨大的热情。虽然和那位青年永远地分手了，安乃德却生下了他的孩子，成为一位母亲。这是她与社会常识之间的斗争，安乃德将此看作是自己迈入崭新人生的机会。她与父辈所属的有产阶级彻底决裂，成了一名靠做家教和其他凭知识赚钱的职业谋生的无产者。

安乃德美丽、年轻，但对恋爱多少感到恐惧。她清楚地了解自己的本性，一旦把自己交给别人就会彻底地顺从。她也十分了解自己渴望自由的灵魂一定会进行抵抗。

到了中年，安乃德被爱情征服了。她爱上了一位外科医生。这位医生精力充沛，从社会下层跻身上流，有名、张扬且才华横溢。如果这位男士不是一个充满征服欲、具有革命精神且满是干劲的社会斗士，安乃德也不会爱上他。如果安乃德不是安乃德，想必这位男士也不会倾心于她吧。他已经让自己年轻漂亮的妻子全盘接受了女性不需要知识这一原则，但在安乃德身上，他看到了一名完全不同的、可以与他产生共鸣的女性，这引起了他非同寻常的兴趣。

只是，这次恋爱最终还是失败了。原因是在那位男士强烈的利己主义和肉体激情下，安乃德看透了，自己作为他的情妇，人格正陷入屈辱的深渊，这迫使她必须挽救自己健全的自尊。在安乃德真正委身于那位男士之后，他丝毫没有想过自己每一个肉体上的拥抱，每一个无视了安乃德真诚、热烈且纯粹的爱的拥抱，给安乃德的灵魂带来了多大的伤害。安乃德体会到了巨大的、致命的痛苦。

安乃德的儿子在她身边慢慢长大了。他的青春期马上就要到来了。到这里，第2卷结束了。欧洲战争也要开始了。安乃德作为一位母亲，一个自由主义者、理想主义者，会做出什么样的行动呢？

我感兴趣的地方在于，安乃德已经走到了现在的进步知识阶层女性走到的地方。她以天生的意志力冲破了阶级的壁垒，反抗了家庭制度和过去的道德。她已经在某种程度上实现了自我的自由。但接下来，她会如何发展，又会给未来的女性带来哪些启发呢？她会在生活中找到什么样的新根基，在下一个时代发挥作用呢？

来自有产阶级的安乃德，其思想母体会仅仅停留在布尔乔亚的无政府主义思想中吗——虽然这同时代表着作者的思想止步于此——或进一步向什么方向发展吗？我很期待看到这场好戏。

1927 年 10 月

鸥外、漱石、藤村等
——围绕"父亲"

　　就在最近，某位友人将小堀杏奴[①]的《晚年的父亲》和另一本书送给了我，作为某种纪念。我在当天晚上就读完了《晚年的父亲》。那个早晨，晚年的鸥外骑着马，行在去往白山的路上。还是女学生的我，从他的脸上强烈地感受到了一种美，我的内心交织着钦慕与羞涩的情绪，并不只是因为他骑在马背上显得身形高大，还因为我感到自己的渺小和微不足道，进而稍微退步，避让了开来。从观潮楼斜下来是又窄又陡的团子坂[②]，横穿过去是一条路，路上有杉林和派出所，我每天早晨都从那儿走往白山方向。

　　最近，当我不得不靠读书来度日的时候，偶然有机会读到了鸥外写的短篇传记《安井夫人》[③]。这篇传记讲述了一位叫作

---

① 小堀杏奴（1909—1998），日本随笔家，森鸥外与第二任妻子的次女，丈夫是画家小堀四郎。（如未标"编者注"，均为译者注）

② 森鸥外故居观潮楼所在地。

③ 森鸥外1914年发表的传记小说，讲述江户时代末期的汉学家安井息轩与夫人佐代的故事。——编者注

佐代子的美丽夫人朴素而又耀眼的一生。佐代子16岁时代替姐姐嫁给了当时还是少年的安井仲平[1]，后者在佩里[2]来到浦贺的时代，作为大儒息轩先生而为人所知。仲平与云井龙雄[3]、藤田东湖[4]等人交好，他的脸上有大痘痕，只有一只眼睛。"常常卷入时事旋涡中，险象环生，却又每每化险为夷"，"他写下'莫谈边务'贴在二楼"，如实观察着安井息轩生活的鸥外，也让我产生了某种兴趣。在这部短篇传记中，鸥外似乎谈到了一个他喜好的、有着某种精神魅力的女性典型形象，这一点也很有趣。在最后的结尾部分，鸥外这样描写在外面看来接连遭受艰辛的佐代："无人相信佐代会迟钝到不懂奢华的地步，也无人相信佐代恬淡到了毫无物质和精神需求。佐代确实胸怀不同凡响的夙愿"，"佐代必定对未来憧憬着什么吧。在瞑目之前，她那美眸的视线始终注视着遥远的地方，可能都来不及感叹自己的辞世实乃不幸，甚至没能彻悟自己憧憬的目标究竟为何物"。虽然没有浪费太多笔墨，但我读到这段话的时候，感受到有一道光从鸥外复杂的内部矛盾及构成其复杂性的各要素之上闪过，深受感动。然后，我想

---

① 安井息轩（1799—1876），字仲平，江户时代儒学家，奠定了日本近代汉学的基础。——编者注
② 马修·佩里（1794—1858），美国海军将领，江户时代率舰队驶入东京湾门户浦贺，打开日本锁国时期的国门。——编者注
③ 云井龙雄（1844—1871），日本近代政治活动家、文学家。
④ 藤田东湖（1806—1855），江户时代末期学者。

到他给自己的孩子们取的都是西洋名字,茉莉①（玛丽）、杏奴（安妮）、於菟②（奥托）和类（路易），而且这些名字都被套上很难读的汉字。明治文学的研究者们对鸥外这种微妙，但同时恐怕又贯彻其一生的重要心绪是如何把握的呢？这些感想刺激着我的内心。刚好我也在重新阅读《漱石全集》，从明治时代知识分子保有的复杂性出发，也让我有了很多思考。

小堀杏奴的《晚年的父亲》佐证了我在《安井夫人》中感受到的鸥外的形象，让我产生了各种不一样的兴趣。小堀杏奴是深受父亲鸥外喜爱的女儿，她从这一立场来描写父亲，并在一定程度上描绘了父亲在家庭中的处境。她的文章里有鸥外尤其喜欢的，带有女孩子气的情趣、洞察力和率直。

从杏奴颇有意趣的回忆中，我们可以窥见鸥外的敬母，以及他的《即兴诗人》这部作品在他的一生中占据极大分量③。而在那美丽传闻的另一面，是他被不寻常的封建母子关系伤害。鸥外并不是那种认为与这样的母子关系正面对抗乃艺术家秉性的性格。他忍住没有把这种关系显露在外，从这一点看得出其处事睿

---

① 森茉莉（1903—1987），日本女作家，森鸥外和第二任妻子的长女，日本耽美小说的开山鼻祖，代表作有《恋人们的森林》《枯叶的寝床》《甜蜜的房间》等。

② 森於菟（1890—1967），日本医学家，森鸥外与第一任妻子的长子，著有有关父亲森鸥外的回忆录和随笔。

③ 《即兴诗人》是丹麦童话作家安徒生的第一部长篇小说。森鸥外花费约 10 年时间翻译成日语出版，译笔雅俗兼具，被评价为"超越原作"。——编者注

智。他也没有将歌德对待现实生活的态度视为某种意义上的妥协和屈服。不知何时，对于在日本的鸥外来说，模仿这种态度就相当于对非人为的事情所应该抱有的抗争的放弃，这一点，恐怕他自身也没有发觉吧。

杏奴无法用自己的笔刻画出父亲的那种历史形象，也是必然的。

鸥外的孩子个个都有写作的才能。於菟也不只是医学家。我偶尔会读他写的随笔，也会将杏奴的文章攒起来阅读。对于这些年轻一代的文章风格，痛感他们不仅受到了父亲的影响，而且在某种意义上，他们各自的生活轮廓也没有超脱出父亲曾经描绘的范畴。

漱石在他的作品中说，自己无法为孩子们做什么，只能让他们顺其自然，成为他们想要成为的人。鸥外似乎相反。在《晚年的父亲》中，有很多对父亲鸥外充满怀念的描写，例如，他把进入女校读书的女儿带去他工作的博物馆做算术练习等。因此，孩子们不知不觉中受到了父亲的影响，这影响深重且久远，在心中扎下了根。从女孩子的心思出发，结婚的话，要与一个几乎和自己同样尊敬父亲鸥外，或者至少不会伤害自己对父亲迷恋之情的人结合。客观来看，那样做是正当的，她们自然容易产生这样的想法。

鸥外长女茉莉的长子，名字也是西洋式发音，用汉字写成。可以说，这条根系是广泛且深厚的。

卓越的艺术家有着强烈的人性吸引力。一个人的热情低到不能对家庭周围环境产生影响，他就不可能发挥出巨大的艺术天分。那些艺术家的孩子带着骄傲谈论自己的父亲才是正常的。可是我注意到，即便在最应该理解人性的发展、个体性、时代性，以及其中产生的冲突、抗争之价值的艺术家的生活中，所展现出的亲子关系，往往也并不是长辈将年轻一辈当下一代继承者来看待。无论是好是坏，父权的影响都在持续着。我一直觉得这是日本文化的一种负担。

待在漱石那样生活并过完一生的作家身边，其高徒和密友们在他本人死后都被莫名其妙地放到了家长般的位置。在柏林国家银行大厅的人潮中，我感受到一道偶然看向我的目光，转过头看去，那里站着一个长得和漱石着实有些相似的年轻人。他会是漱石的那位传闻中擅长拉小提琴的长子①吗？不管怎么说，他那不高的身体，确实长着如40多岁的漱石在照片里展现出的那种有质感，或许也谈得上美感的稍大的脸。在看到他用尚未明晰的眼神望着我时，我的心好似被一股突如其来的风拨动了。

在谈到前些年辞世的某位作家的遗属时，了解一些内情的

①夏目漱石的长子是夏目纯一（1907—1999），日本小提琴家，1926年曾留学德国。——编者注

人会说起"早知道这样的话，就应该早早让他们结婚"之类的话。我作为一个女人，对于"让"之类的用词中包含的沉重的父权式内涵，无法不感到痛苦和恐怖。

日本作家在现实生活中的情感，即便是亲子互动，他们采取的仍然是过去非常陈旧的形式。丹羽文雄①曾在参加人员都是20岁上下年轻女性的座谈会上说，可以过放荡的生活，但不能在外面有孩子，因为孩子比不上这种生活之类的话，丝毫不在乎被人高声嘲笑这俗套又陈腐的态度。

岛崎蓊助②在《文艺》10月号上发表了一篇名为《父亲》的感想文。年轻一代会如何解读那篇短文呢？

毫无疑问，《黎明之前》③是一部纪念碑式的作品。我不认为一个承受了7年辛苦创作的人会是淡泊的，也不认为他是毫无计划的。同样在《文艺》10月号上，中村光夫④刊登了一篇名为《藤村氏的文学》的藤村研究短文，他在文中写道："藤村学会了将自己精神中最重要的部分隐藏起来，不让他人看见……

---

① 丹羽文雄（1904—2005），日本文坛"风俗小说"的代表作家，曾任日本文艺家协会会长。
② 岛崎蓊助（1908—1992），昭和时代画家，日本自然主义文学先驱岛崎藤村（1872—1943）的儿子。
③ 岛崎藤村最后一部杰作，发表于1929—1935年，是以藤村父亲为原型描写明治维新前后历史的小说。
④ 中村光夫（1911—1988），日本文艺评论家、剧作家、小说家。

恐怕藤村是我国自然主义者中最能意识到自己的创作是一种技术，并在这种清晰的自觉上创作文学的作家了。换句话说，他是我国自然主义作家中对'自然'最有意识的作家。"这或许也是一个佐证。

但我有疑问：有意识地面对人生，如果我们全盘接受这一观点，那么构成这种意识内涵的，到底是什么呢？

还有一件事，也发生在我强制读书生活期间。我收到并阅读了第一书房出版的《藤村文学读本》。其中好像有一篇藤村引用芭蕉[①]的俳句来叙述自己为芭蕉的艺术境界所倾倒的短文。引用的俳句中有"暮夏残暑余，红日高挂晴空里，凉风显秋意""未期大雪至，寻常马儿雪中姿，映目使人喜"和其他一些让人印象深刻的句子。藤村描写了自己体味这些俳句时的心情。芭蕉舍身投入天地之间来雕琢感受，其艺术家生涯如直角一般锐利；而藤村看待现实的角度和芭蕉不同，譬如说他在品味芭蕉作品的时候，自然也在品味其心境，具有二重性、并行性。这是藤村文章中独有的味道，是融入了他沉思的结果。藤村在文章中体现出的沉思和芭蕉所说的余情之美，可以说在本质上没有什么不同。我在对着肮脏、冰冷的板墙体味到这些的时候，心中涌现出的疑问是，那让藤村从心底生出力量，顽强到底的动力究竟是什么呢？

---

① 松尾芭蕉（1644—1694），日本史上成就最高的俳谐师。——编者注

我想，虽然说这本质上是精于世故、含有十足妥协性的东西，但藤村在述说它们时，有意识地采用了独特的描述方式，使其有了风格，而他带着这份确信推进下去，在氛围引人入胜之际，就具备了大作家的趣味和生命力。因此，我被一种欲望刺激着，希望能在某个时候拆解藤村这个巨大的明治文学"摊档"，探究其中生机勃勃的机制。

藤村出席了在阿根廷举办的国际笔会[1]大会，所以我们由衷希望他能获得更大的进步。将柿本人麿[2]的和歌刻在纪念碑上也是一种趣味。但是，藤村是出于什么考量，在出发的前一天晚上将已经断绝关系的儿子翁助叫到旅馆，并收回了责罚呢？考虑到藤村自己在青年时代发生的各种事情，断绝父子关系这事也令人费解。或许是有隐情才采取了这种方式吧，但为什么要在出国旅行前这个看似欢乐实则却平凡的夜晚来修复父子关系呢？在《黎明之前》完成时，对已经年迈的艺术家而言，这并不是真正应该表达深重感想的时候。——不知怎的，我感受到其中隐含着作家藤村难以言喻的人性的一面、人性的裂痕。我在《父亲》这篇文章中，读到了青年翁助说不尽的复杂且激烈的感情。他觉得自己碰巧是藤村的儿子，于是所有事情都不得不被看作和父亲有关。

---

① 1921 年在伦敦成立的国际性作家组织，会员是世界各国诗人、剧作家、散文家、编辑和小说家等。——编者注

② 柿本人麿（约 660—724），日本飞鸟时代的歌人，《万叶集》中第一歌人。

此中翁助涌动着的思绪，我想和描绘了父亲的肖像并在二科会 [①] 展出的鸡二 [②] 恐怕是不同的吧。翁助在通过漫画训练观察人生的过程中，想必已经知道了抗拒陈腐的重压、突破自我，并不一定意味着克服了压在新一代身上的压力。关于处在最近世界局势中的这趟旅行，对藤村的"自由主义的慧眼"所寄予的希望，不仅仅是儿子翁助一个人的，也是能以发展的眼光阅读《黎明之前》的所有年轻人的。

1936 年 10 月

---

① 始于大正时代的日本美术家团体。
② 岛崎鸡二（1907—1944），大正时代到昭和时代初期的画家，岛崎藤村的儿子。

关于漱石的《行人》

自从漱石于明治三十八年（1905）完成《我是猫》后，直到大正五年（1916），他留下未完成的《明暗》去世，在这约莫12年的光阴里，他的文学活动可谓丰富多彩。我想，他那成熟的内心生活，也是在这期间展露出来的。同时，无论是漱石的哪部作品，都表现出他在对待人生和艺术的态度及表达的主题等方面，停留在了一定的成熟阶段。虽然多样化的描写方法和切入主题的方式展示了部分变化，但那些变化并没有本质上的飞跃，这也在今天引起了我们的深思。人们认为，《明暗》在各种意义上都是那12年光阴的终结。迈过40岁，漱石在其作家生涯中展现的丰富性与局限性，包含着极为复杂且微妙的矛盾。

《行人》这部作品不仅直面了作家的苦恼，展现了他在近代的自我问题上对人际交往的姿态所抱有的敏感、执拗和洁癖，而且在表现两性冲突带来的痛苦方面，也是一部绝佳的小说。

小宫丰隆①的评论也对此予以肯定，他称这部作品是漱石在其作家生涯中尤其感到孤立无援的痛苦时期诞生的。漱石将一郎这位不幸的主人公塑造成了一个因敏感、乖僻，在自己想象的、如走钢丝般岌岌可危的境况下生活的形象。一郎不仅自己如此，如果对方不踏上这条钢丝，他也同样无法忍受。他是这样一种人——尽管是相同的盖子，但如果其形状、颜色没有和他预想的壶完全匹配的话，就无法接受。与其说这是一郎的自私任性，倒不如说是他对于社会在审美、智力和道德上都尚未达到他的境界而产生了厌恶，结果损害了他的身心，给身边人带来了不安。漱石想要在这部小说中将自我照映在严苛的三面镜上：一郎、二郎和H。我认为，在漱石的内心世界里，一郎以严格的眼光和敏锐的感觉统治着一切日常生活，同时，他现实的性格中也有二郎的影子。一郎在某个瞬间会痛骂二郎不稳重。一郎的姿态、二郎的样子，以及在旁客观观察、解明这一切的H，是作家漱石将自己作为一只猫进行观察后，对自己客观态度的又一种表现。在这样的精巧布局中，漱石探究了一郎的悲剧。一郎觉得自己的家庭是由谎言构成的，他努力掌握妻子阿直的精神未果，变得憔悴不已。

二郎在阿直还没有和哥哥结婚的时候就认识她了，这个偶然也为一郎的苦闷增添了一层色彩。"二郎，为什么世人会忘记

---

① 小宫丰隆（1884—1966），德文学者、文艺评论家，夏目漱石门下"四天王"之一，被誉为"漱石研究第一人"。

重要的丈夫的名字，只记得什么保罗和弗兰切斯卡？你知道是为什么吗？"一郎说漏了嘴。

二郎对这个问题感到不快的情绪，以及他对一郎说的话——如果你成为一个善良的丈夫，那么嫂子就是善良的妻子，都让一郎因弟弟的这种传统偏见而产生了强烈的抵触。阿直这女人，是那种不管受到什么样的压力都无动于衷的人，不过，当你觉得她就像暖帘一样没有什么自主想法的时候，她又会突然在莫名其妙的地方展现出强势的一面。既可以理解为沉稳，也可以解释成冷淡，书中如此描写女人的日常姿态。与妻子之间走投无路的痛苦感情，与父亲、弟弟之间亲情的疏远，H 用香严①"一击忘所知"的精神转换，或是通过一郎羡慕脱胎换骨的心理，给他黯淡的未来寄托了一线光明，这一篇章就此结束。

可以说，漱石的女性观在《我是猫》中就已清晰地表现出了倾向性。漱石不只是给女性智慧的阴暗面赋予"君是淡定笨驴罗格斯"②这样的幽默表现，他还认为女性很麻烦、无可救药。

---

① 香严智闲禅师，唐代僧人，《一击忘所知》是其所作的一首五言律诗。
② 东罗马帝国皇帝君士坦丁·帕里奥洛格斯（1405—1453），夏目漱石在小说中故意把他的名字变成了骂人的话。——编者注

无论是引用缪塞①的诗，还是在托马斯·纳什②论文朗读的场面中，他都生动地将这些看法反映了出来。《我是猫》中尚且回荡着一抹谐谑的笑声，但从《三四郎》中美祢子与三四郎的情感交错，到《道草》中健三与其妻子的内心纠葛，漱石的态度发生了改变。他不再认为女性是无可救药的，也不再站在男性智识的优越地位上揶揄女性。在《行人》中，一郎将妻子的真实内心视为己物，想要一探究竟，这种焦虑带来的痛苦，在他失去了所有伪装和外壳后产生的真实恐惧中表现了出来。"你知道女人比使用暴力的男人残酷得多"，"无论嫁给什么人，出嫁后，女人就会因为丈夫而变样"，作者通过一郎的话表达了多么悲痛的真实情感啊。

漱石一贯认为，两性相克悲剧的根源在于女性难以理喻的非条理性，以及对男性而言难以忍受的欺骗性。《行人》中的阿直并不是像《明暗》中的阿敏那样有意识地欺瞒丈夫，且对那种羞耻毫无感觉的女性。然而，对一郎而言，就像他对二郎不愿以和蔼可亲的世故来探索自己的内心而感到愤怒一样，阿直作为他的妻子，竟也并未感到他们之间有探寻自我本心的必要，这正是他绵绵痛苦的根源。漱石作为作者，支持了一郎的满腔不满；反过来，他又会在何种程度上理解隐藏在阿直泪水中的衷曲呢？面

---

① 缪塞（1810—1857），19 世纪法国浪漫主义诗人、小说家、剧作家。
② 托马斯·纳什（1567—1601），英国作家、剧作家、诗人，和莎士比亚同时代的"大学才子派"之一。

对家庭中鸡零狗碎的事情，阿直是会露出孤寂的笑靥，说"我怎么样都没关系"的那种人。阿直会说："像我这样的空心人，你哥哥一定不喜欢吧。但我是满足的，已经得到许多了。我从来没有对任何人说过你哥哥的不好。"当别人劝说阿直要对丈夫更加主动一点时，阿直回问："主动，是什么意思？"果然，她生来就是一个内心没有任何激情的女人。一具空壳会说出"被大水冲走也好、被雷电劈死也罢，想轰轰烈烈、干脆地死去"这样的话吗？

在和歌浦的狂风暴雨中，听见嫂子所言的二郎，这时才明白自己从未研究过女人这种生物，他觉得自己被这个女人玩弄于股掌之间，但并没有对此感到不快。虽然对二郎人性的心理洞察到此为止，但身为作家的漱石，他的追求也在对阿直这个女人微妙心理的抑扬中停了下来，这让人感到有趣又有遗憾。

为了丈夫而变得不道德，女人变得充满谎言和欺骗，如果从这一点来看的话，为什么漱石没有深究阿直内心的明暗面呢？《行人》中，仅仅将阿直面对二郎时自然的情感流露看作是她对丈夫以外的男性不自觉表现出的自然性，是与欺瞒丈夫截然不同的情感，而现在来看，这也是漱石在现实主义上的一种局限性。

是丈夫让女人变得不道德，又或者是妻子因社会成规对夫妻这样的构成和生活有某种要求而变得不道德，不知不觉间，就被安上了欺瞒之名——那被视为弱者人性上堕落的象征。毫无疑问，在日本的社会现实中，这一点尤其被视为导致两性间不和谐的因素，发挥着巨大的作用。在这与斯特林堡[①]笔下全然不同的社会基础上，男女对抗的场景也没有理由发生。

要说到之后的话，即便一郎在主观上达成了"一击忘所知"，但作者试图和他一起把握冲突这个人类本心问题，在客观上，也只能原封不动地留在那里。

《行人》中，一郎谈到男女交往问题时说，那些以道德加压的人是暂时的胜者，立足于自然的人是永远的优胜者。在漱石的作品中，虽然他将尚未知晓人世虚伪、惹人怜爱的年轻女子与才气过剩、锋芒毕露的女人们做对比描写，但结了婚的女人放下周遭的一切和自身的虚伪，活出本心的时候，就成了《其后》中对代助步步紧逼的三千代，也是《门》中与宗助相伴，出现在柴米油盐的日常生活中的角色。这多少也让我们产生思考。此外，对于这种自然地走在一起的男女，漱石总以一种不可名状的强烈的复仇心态来看待。在男女交往中，即便想要自然而为，却很难活成忠于自我的永远的胜利者，这样的个人命运可见于《心》中"老师"的角色。从《行人》到《心》，其中不可忽略的是漱石的严肃性。如果一郎有《心》的主人公那样的机缘，他是否能够生存下来，这也是被拿来探讨的一个问题。如果《行人》中的

---

① 奥古斯特·斯特林堡（1849—1912），瑞典作家、剧作家和画家，现代戏剧创始人之一。

二郎是一个更加激进的人，又会怎样？作者设想了各种局面，我想这种心情在 K 这个人物上也得到了体现。

1940 年 6 月

历史的落穗
——浅谈鸥外、漱石、荷风的女性观

　　在森鸥外的几个孩子中，有两个女孩——茉莉和杏奴，她们从父亲那里得到了这两个各具独特女性美的名字。杏奴也就是小堀杏奴，可以说，对自己不了解这个自小生长的庭院的另一面，她没有感到任何不安，依旧保持着自然开心的状态，写着身边的事情，这段时间频频发表随笔。

　　我曾在某本杂志上看过杏奴的姐姐茉莉的照片，那时她还小，扎着辫子。由于是照片，看不清原本的颜色，感觉上像是红色泡泡纱的衣领仿佛颈饰一般，点缀在她整齐叠穿着友禅染和服的胸前。她用来扎辫子的白色大发带和装饰在和服领口的西洋风颈饰，同茉莉这个颇具古风的名字中流露出的新鲜感，都留在了我的记忆里。多年过去，现在我回想起那张照片，觉得在那幅少女的影像中，有一朵从她父母的和洋趣味中开出的优雅的花，远超过当时日本知识阶层的一般趣向。

　　森先生旧宅过去的后门如今成了正门，门口立着四角门灯，仿佛进入了怀旧的四角煤油灯时代。竹篱笆中可以看见工作室，外面设有公共饮水处，供走团子坂上来的小工喘口气歇一会儿，旁边是公交车停车场。某天，我在那个红色圆形标识的地方茫然地站着，森先生家的门开了，从里面走出来一位年轻女性。她小跑着穿过马路奔向斜对面的木炭店，事情好像办完了，她又穿过马路回来进了森先生家，然后门被关上了。她身上有过去那张照片里少女的影子——美丽，但同时又似乎有些寂寞。那之后的某一天，我在团子坂拦出租车。关上车门，坐在位子上，车子正要开的时候，我从左手边窗户旁瞥见了一位年轻的女性。她的眼睛里带着朦胧的笑意，安静地望向这边。我又一次想到那张照片里少女的身影，和眼前的面庞交叠在一起，我的思绪乱飞。车子已经开出去很远了。

今年夏天不像往常一样——有骤雨，让东京的炎热不那么难挨。屋顶、土地也好，树木也罢，都干了。在让人窒息的热气中，打着军歌的太鼓声日夜响彻，女人们缝制"千人针"①的汗水混着泪水淌下，这是一个难熬的苦夏。长谷川时雨②印发的小册子中有一本叫作《辉》，每月17日发行，在8月17日发行的这一期中，森茉莉写了一篇名为《后方》的极短的感想文。那是一

---

① 第二次世界大战前日本盛行的一种护身符，由1000个女人在长约1米的白布上每人缝制1针，用于祈祷士兵在战场上获得幸运。
② 长谷川时雨（1879—1941），日本剧作家、小说家、杂志编辑，妇女运动推动者。

篇仅两三页长的文章。文章里写道："我们不知什么时候不再是单纯的女性，而成了'后方的女性'。一旦有事，即便我无法做出称得上'后方的女性'的行动，也仍会在避难的时候用观察、感受和书写的方式守护后方。"文章的后半段似乎在为物质并不短缺却仍感到生活痛苦而抱歉，"活着的痛苦会越来越强烈"，还写到自己厌倦了痛苦，反而忘记痛苦的那一瞬间的心情，以及即便在痛苦中，也要"尽可能接近像少女一样鲜活、快乐地生活的理想"。她描写了希望把写作当作一个机会进行下去的心情。

读完了森小姐的文章，我确信那天打开门走出来的女人就是她。而且，另一天看着坐在车里的我，向我投来一晃而过的笑意的女人也是她。那位女性的趣味和华丽沉于孤寂之中，尽管如此，读了森小姐虽简短却饱含复杂心绪的文章，我充分领会了她纯粹的文情。现代的女性在社会的各种状况中挣扎着生存，为了活下去，她们需要战斗。森小姐在现实生活中的样子和她在文章中展现的样子，都是毫无掩饰的坦诚，这也是当今女性苦恼的一种模样。

在森茉莉那可以说是带有情趣的痛苦姿态中，有着积极意义上的人性教养、镇定和自在，这不仅仅是拜生活中的余裕所赐，同时也是她的性格使然，我想可以说受到性格很大的影响。或许也可以说，这是明治末期到大正的社会意识形态的余韵吧。

当下的矛盾惨烈地暴露了出来，我们生活在这样的现实中，试图为了更好的明天而艰苦挣扎。但在日本，现在笼罩在女性头上的并不只有当下的阴霾。那阴霾异常缓慢地斜落下来，只看眼前的话，甚至能感受到那阴影的逐渐下落，就像没有人不曾感受到过去夕阳西下的光晕落在身上一样。

森鸥外这个人非常爱孩子，尤其在孩子的教养方面，他似乎无法做到毫不关心。他希望孩子们能充分理解真理与美这种人类代代相传的品德，希望他们拥有作为一个人生存下去的力量，能够为真理与美而欢喜，并受之鼓舞。

想必鸥外的女性观也绝不局限于当时日本女性在现实中呈现出的生活百态吧。他对未来女性在生活中流露出的充满张力、变化和活泼的活力有着什么样的期待呢？茉莉和杏奴，即便在日语中，这两个名字也流露出了汉字的传统美感。而当直接用罗马字给它们注音的时候，全世界的男性都会因为这两个日本名字的姓勾起内心的情感，认同这个姓氏。从这一点，我也可以看出鸥外内心融汇了东西方文化精髓的丰饶。这丰饶在某种意义上来说，是日本文化历史中不会重现的内容。换句话说，这是明治这一日本时代的璀璨光辉。但是，在这丰饶之中，埋藏着多么深刻、多么强烈的日本式的矛盾，这是作为鸥外女儿的茉莉，在如今越发艰难的女性道路上前行时，内心深处会自然而然理解的事情。

关于森鸥外和茉莉的内心世界，我们暂且搁置不谈。最近，我稍稍读了一些永井荷风过去的作品。作为女性，我对明治四十年（1907）前后日本知识分子的感情构造实在是很感兴趣。

永井荷风是一个浪漫的浪荡儿，他大学辍学，转而游历美国、法国，回国后与希望他成为实业家的父亲意见相左，放浪形骸，毕生投入到文学中。

日俄战争前后，日本的社会和文化水准与欧洲之间存在着巨大的差异。因此，在那个时代，有一定年纪和感受力的人，会将自己接触、吸收到的丰富多彩的欧洲文化，从现实生活的各方面与当下日本大兴土木的繁忙之姿进行对照。荷风归国时写的《监狱的背后》《冷笑》《二方面》《夜的三味线》等辛辣讽刺作品，鲜明地展现了那些人充满苦闷、厌恶的心情。

将时代稍微往前推移，漱石从伦敦回国时，也深刻体会到了同样的苦闷。漱石因个人际遇，不得不去厌恶的大学任教，他极力将当时自己心中的懊恼塞进了大学讲义里。在他那极不愉快的状态下，卓越的英国文学史和文学评论诞生了。

至于荷风，他也被父亲要求不要做不体面的事，不要抛头露面。因为不用为衣食操心，所以他一直沉湎于内心的痛苦之中，这就导致即便他要在日本——这里既没有欧洲真正的美的传统，也与欧洲风土相异——寻求像欧洲那样的美，也是无望的。同时，日本只有极少数人可以理解欧洲文学的真正价值。他孤身前往罗马时那痛苦又愉悦的回忆、那脱俗的孤独感，使他直接在完全传统的日本再次带着自伤的浪漫主义投入了江户人情本[①]的世界。

就日本文化与西欧文化接触的角度而言，日本文化往往会以某种形式做出反应，这不仅与日本文学史上的一种特殊样貌——明治和大正时期有微妙的关系，而且在现代有了更为复杂的变化。举例来看，这种反应不仅作用于作家横光利一[②]个人艺术发展的兴衰中，近来亦被强加至文化统制的倾向里。而且，普通文化人对世界文化抱有的感情不尽相同，这种倾向甚至也出现在这一状态中。

荷风那浪漫、艺术至上的反应来自他对欧洲文化传统的迷恋。在欧洲文化传统纯粹的风味中，他感受到日本文化传统和欧洲的截然不同。说到底，这还是因为他想沉湎于未涂油漆时的美，对此抱有执念。

也就是说，反抗世界，从自我开始打破生活常识中普遍规律的荷风，他看待女性的眼光也有特定的格调。我想可以肯定的是，他对良家妇女这样的女性分类并不满意。在荷风的年代，社会上的良家妇女虽然年纪轻，但恐怕大多是没有主动性的人偶。在人们认为她们通达世故的年纪里，狭隘的生活使很多女性的内

---

① 人情本，日本近代叙事文学样式，一种具有写实主义风格的风俗小说，多描写庶民的恋爱故事。
② 横光利一（1898—1947），日本新感觉派作家、俳人、评论家，与志贺直哉并称为“小说之神”。——编者注

心充满了偏见、形式主义和家长里短，让她们只关心丈夫在社会上的成功，无暇顾及其他。那么，也似乎可以理解为什么荷风在略微羸弱、心情不悦时，感到自己与这些女性的生活及内在无缘，转而在花街柳巷中寻找恋爱的对象。荷风充分了解花柳界是落后于时代的，只不过，在这墨守成规的社会中，只有花柳界还保留了他最看重的日本传统之美，就连女性的一举一动也展现出经过历史打磨的痕迹，他将之喻为忘我的美的骑士。

如果读一读荷风在外国游历时写的《唐人街记》《西游日志抄》等作品，便可以感受到他虽然频繁地引用波德莱尔的作品来表现自伤之状，但其本质上绝不是彻头彻尾的颓废者，也不是一个严格意义上的浪漫主义者。荷风的本质中大概隐含着一些东西，这部分和他家里的规矩、社会上的成规相呼应，而且于其他方面，他也在和自己内心的常识对抗，对归于常识的事物痛声谩骂，憧憬和诱发着隐居于常识之外的东西。作为浪漫主义者的荷风，其浪漫主义的实质可以说是对渴望之心本身的渴望。或许可以说，他是一个被动的浪漫主义者。荷风在浪漫主义中展现出的被动性体现在性格上。相较于欧洲的文化传统，他能够立刻全盘接受日本文化传统的常规、束缚和陈腐。此外，在他作品中随处可见的对残败之美的描写，也作为一种极为常识性的普通观念被当作人生中落魄的姿态。荷风将这落魄之姿原本的形态、动作和色调当作残败的内涵，在自己的艺术上予以认可。就荷风而言，这与以歌颂代替轻蔑的方式不同。身居偏奇馆①或荤斋堂，他爱抚病痛，爱抚自己的"沦落"。可一心一意爱抚着那颗自怨自怜的艺术家灵魂的荷风，在某种意味上，他对待人生难道不是一个彻底利己的趣味家吗？

见识过欧洲女性社会生活的荷风是欧洲女性美的赞颂者，是颓废的歌手。因此，他不会在扩大女性社会自由和生活范围上唱反调。他甚至是"对英国女性想要获得选举权的运动感到同情的女权论者"，他认为男人做的事情女人也可以做。他看戏剧《海达·高布乐》②和《玩偶之家》，会想到"日本也不能没有这样的思想"。但是，他现实情感的要素要复杂、阴暗得多。首先，荷风沉溺的花柳界的女人们，她们生活在一个什么样的世界中呢？如果原原本本地肯定她们举手投足间的美，却不接受与这举手投足一同而来的内心品质，那么必然要打破荷风所追求的美的统一。而且，荷风对于男女恋爱也喜欢由饮泣、郁闷和不如意构成的和谐音调，因此他根本就不可能想象女人大喊着"我有爱的权利"，摆出公开战斗的样子。这些事情在荷风现实的想法看来，"女性参政权的问题倒是理所当然的"，"但总的来说，人类不论男女，无论是多么正确、当然的事情，若将其视为正当，自己不去主张、不主动出击，始终保持着客气、拘谨、稳妥的态

---

① 永井荷风的旧居，位于东京港区麻布。
② 与《玩偶之家》同为易卜生的戏剧作品。

32

度，这难道不也是雅致的美吗？"，"如果没有出头之日，因强者而沉沦、毁灭的话，这就像所谓的月有阴云花有风。只能证明强者毁灭弱者的卑鄙、野蛮无礼，以及被毁灭的弱者有多么高贵美丽"。荷风还断言道："日本女性不可撼动的美不在于她们去争辩、去主张什么，而在于其痛苦、烦闷的哀伤。"在荷风看来，女性应该压抑嫉妒，他也从不谈及让女性产生嫉妒的男性。一些符合荷风看法的"妇女"，曾被他"收藏在后堂"。

我将荷风的浪漫主义归为一种常识性的本质，也是因为它是女性浪漫视角本身通常出现的特征。森鸥外比漱石更早，他在德国度过了最青春的年华。虽然从《舞姬》、和歌百首和其他作品中可以了解鸥外对女性的感情，但他对女性所抱有的浪漫主义与荷风的被动性截然不同。鸥外从女性应对社会波折，虽痛苦流泪但仍挺立在某处，用凛然的眼神看向四周的身姿中找到了浪漫的美。在鸥外笔下，女性虽然是静态的，但她们似乎要用某种来自内部的紧绷的光线贯穿人生。《安井夫人》的读者应该多少能了解，鸥外在女性身上追求的那种光是什么样的东西。

当荷风在欧洲的时候，他的女性观受到当地的影响，入乡随俗。当他在日本的时候，女性观便又回到日本了。他就像是墙头草一样，风吹两边倒。

夏目漱石在描写那些在恋爱中积极主动的不羁女性时，像《梦十夜》等作品一样，将她们放在了以欧洲为背景的浪漫的架空世界中，这是多么有趣的事实啊。此外，在诸如《虞美人草》《三四郎》等作品中，他在描写所谓才气焕发、美丽动人，在当时能阅读外国小说的女子时，总是拿自然盛开的花草一般的传统女子与她们进行对比，这也是他作品中吸引人的地方。照现在我们的想法来看，无论是漱石笔下的藤尾①，还是迷羊的女人②，都相当令人厌恶。那个时代的现实，就是那些希望在青鞜社③时代开创新历史篇章的勇敢的年轻女性们，在不自觉卖弄才学的情况下行动了。尽管如此，我想就像当时漱石的文体所传递出的那样，出于某种喜好，他似乎很少描写藤尾的其他方面。最有趣的是，漱石在《虞美人草》中一边将藤尾与糸子做对比，一边将自身的爱好更多地倾注在没有任何自我意识、将身心托付给父亲和哥哥的糸子身上，她系着友禅染腰带，阳光明媚时就在二楼专心纺织。

纵览漱石这10年间丰富的文学作品，可以得出一个非常粗浅的结论，那就是像藤尾那样风趣、爱展现自己学问知识的女性仅出现在他初期的作品中，随后便消失了。在将藤尾性格中喜爱读《安东尼与克莉奥佩特拉》④这一具有浪漫色彩的部分去除之

① 《虞美人草》中的女主人公。
② 《三四郎》中出现的女性人物。
③ 日本的一个妇女文学组织，由评论家、妇女运动领导者平冢雷鸟（1886—1971）等人发起，1911 年成立，1916 年解散。
④ 莎士比亚 1607 年左右编写的爱情悲剧。

后，作为女人，她逐渐展现了更加现实的一面。

鸥外的作品在日本近代文学中的地位稳如泰山，原因之一就是他认为男性和女性在自我的度量和韧性上是同等的。但是，受当时社会和个人境况的影响，漱石认为女性所拥有的自我和她们展露的秉性与男性自我的本质及形态之间是分裂的，且不会再次结合，并从中发现了叛离和对立。他将知识分子的人性之苦形成作品的主题，并通过深刻的凝视在千变万化的局面中对其进行了描写。

那些生动描绘了女性卑俗的斤斤计较、缺乏诗意的庸俗日常的人当中，红叶①也是一员。荷风亦是。只不过，这些人将此种女性的行为当作浮世风俗的一种，站在旁观者的角度进行描写，但在漱石的世界中，女性，尤其是处于婚姻状态的女性，她们的这种性格，则是导致其丈夫产生精神困扰，逼近死亡边缘的原因。

荷风喜欢看低女性，认为女性是可以被压制、被打击的。他沉浸在自己想法的世界中。漱石将女性描写成可怕的生物，至少在精神上，女性是对男性有杀伤力的。男性想要抓住女性的心理，却因为女性缺乏敏感，在精神上毫无回应，以及在日常事务中惊人的定力，让男性的人性欲求成了手足无措的样子。漱石固执地将这种焦虑的苦恼，通过《行人》中的"哥哥""不抓住女

---

① 尾崎红叶（1868—1903），小说家，明治时代日本文坛重要人物，因绝笔《金色夜叉》被誉为一代文豪。——编者注

人的灵魂便得不到满足"的心情描写了出来。

到了漱石的最后一部作品《明暗》，女性世俗的才智和纠葛已经达到了女性之间心理交锋的复杂层面，妻子阿延和吉川夫人围绕着津田像跳梁小丑一样明争暗斗。在箱根的温泉旅馆，与这两位女性的脾性正相反的清子出现了，但作者的死也带走了故事的展开和结局。

即便在《明暗》中，漱石也认为女性结婚后在为人上会变得恶劣，至少会变得不坦诚，品性变差。这种支配性的女性观颠覆了他之前在《虞美人草》中表现出来的看法。漱石在阿延和她表妹之间的对比，以及她从姑父那里得到支票等场景中，用生动的笔调表达了他的女性观。

女人结婚就变坏，这是漱石悲哀的洞察，可他终其一生也没有找到这一问题的根源，因此也就没有表现出要果敢解决问题的想法。

托尔斯泰将婚姻生活中人的堕落视为他们对肉体欲求的堕落，为了提倡人性，他从根本上怀疑并否定家庭生活和婚姻的传统观念，这种思想在《克莱采奏鸣曲》①中达到顶峰。漱石虽然认为婚姻使女性压抑了部分人性，也由此让男性产生痛苦，对双方而言都是悲剧，但到头来，他也没有完全反抗婚姻和家庭生活

① 托尔斯泰最奇特的作品之一，发表于 1889 年。

中旧有的常规。从"女人结婚就变坏"的例子来看，到底是什么在婚姻中伤害了女性的人性呢？会不会是婚姻、家庭生活中存在的某种有害物质对结为夫妻的男女造成了伤害？然而这样有着重要意义的怀疑并没有在更大的视野中扩展开来。

"女人结婚就变坏"，在一方面来看是事实。虽然形成这种观念的各种原因很微妙，但日本社会的成规对女性产生的更强烈的影响，男性对待婚姻浑然不觉的随意态度，家庭的日常平稳生活都靠女性在艰难世道中的周旋，所有这些事情都没有让身在家庭中的女性在精神上感受到强烈爽快的悸动。对于家庭的看法、塑造家庭的方法，漱石并没有提出根本性的疑问，他总是在那个框架内提出人性、智性及世俗性的纠缠和自我矛盾的问题。这是漱石在艺术和生活态度上具有历史性的特点之一。即便在今天，荷风也没有正面解决这个问题，漱石则把婚姻和家庭生活看作是避免按照自身喜好和习惯生活的人的社会性结合。虽然他将这个问题直接推到了时代的良知面前，但他持有的历史和文学观却没有对婚姻和家庭——这面社会的镜子原本的样貌提出猛烈质疑，而是呈现出一种在痛苦间徘徊的精神状态。

现在，我们身边的文学作品是如何发展这个遗留下来的、意味深长的矛盾和主题的呢？日本女性的生活现实又是如何自然地推动着这个主题发展的？

如果从风俗画的角度来看今天的文学，丹羽文雄描绘的女性本身就是一幅画。就菊池宽[①]的家庭观、恋爱观而言，除去其中常识性的变化，也呈现出了最宽广的基底。

但是，明治初期发行了《女学杂志》[②]的人们心中所怀抱的热情，以及在日本半开化的状态下被不断涌来的浪潮拍打过的男男女女对于人类平等的希望，如今变成了什么模样，又在哪里延续着呢？现在在日本，就连浪漫主义也试图将女性塑造成封建的样子，这其中隐藏着一种呼唤，呼唤向着一言难尽的深切痛苦的未来而努力。

1938 年 1 月

---

① 菊池宽（1888—1948），日本小说家、剧作家，文艺春秋社创始人，"芥川奖""直木奖"创设者，主要作品有《珍珠夫人》《无名作家的日记》《新珠》等。
② 日本的女性启蒙杂志，自 1885 年 7 月创刊至 1904 年 2 月为止，由日本女子教育家岩本善治（1863—1942）长期担任编辑。

女 性 的 历 史
——基于文学

　　我们在观赏各种美丽的浮雕雕刻时，是以什么方式来看它们的呢？我们看到的总是浮雕凸起的部分。但是在那阴影中，有着和凸起部分相同厚度的深深凹陷。人生亦如浮雕一般，在那反射光线的凸起一面的阴影中，同样有凹进去的一面，正因为有了明面，相应地，也就有了暗面。

　　文学将人生和社会的林林总总描绘得栩栩如生，让人觉得仿佛这些事就发生在眼前。那么，文学是以什么样的关系来看待社会的明面和暗面的？我想，这里有一个文学的全新视角。要说到女性和文学的问题，如果从人类与文学历史的角度来看，那么首先会产生一个疑问，那就是为什么迄今为止，女性都不像男性那样活跃在文学史上。女性在文学中的身份、立场正如周知的那样，从文学史的第一页开始，女性就被男性所描绘，被当作创作的对象。我认为这是具有深刻意义的事实。在被称为世界文学史上最为古典的作品，古希腊诗人荷马的《伊利亚特》中，出现了第一位被描绘的女性。《伊利亚特》中的海伦非常美丽，她被描写成美丽女性的典范。在美丽程度上，海伦可以和维纳斯比肩，但从荷马描写的海伦的社会性存在来看，美丽的海伦是被当作当时统治者斗争中的一个"战利品"。这位在世界文学史上首次出现的女性被当作一个可以抢夺的物品，可见，在写作《伊利亚特》的时代，古希腊已经出现了家长制度。尽管古希腊被视为自由的国度，希腊文化也成为欧洲文明的源头，但那份自由、那种文学是建立在奴隶制之上的。奴隶们耕田、织布、饲养家畜——承担中生活必要的劳动，以此创造出古希腊自由民① 文化生活的可能性。在这种带着压迫的自由的基础上，即便我们谈论像是古希腊女性自由之类的事情，但现实社会中是存在女性奴隶的，那么其实根本不存在我们现在情感上所理解的那种真正的自由。在古希腊神话中，也常常出现对女性立场的描写，比如描绘、雕刻维纳斯，将她看作是美丽女性的典型，但无论被刻成哪一尊雕像，维纳斯往往都被当作一个观赏物，是被凝视的女性。有人见过正在织布的维纳斯吗？有人看到过维纳斯以养育孩子的普通女性身姿出现吗？维纳斯的儿子丘比特作为爱的使者，常常拿着金色的弓箭待在她身边，但他也没有见过维纳斯作为母亲、妻子的那部分人生。维纳斯多以裸体示人，展现女性的美丽，但她必然是安

----

① 自由民，古希腊奴隶社会中除奴隶以外的居民的通称，根本特征是享有公民权、政治权和财产权。

静的，没有任何动作。古希腊只描绘不从事劳动的女性的美，这一事实并未被忽视。当像维纳斯和海伦这样的女性出现在艺术中时，其中亦包含着人类社会历史上出现的权力形式——女性悲剧的发端。

文学自然地反映出女性被动的社会立场。那么在文学中作为被动对象的女性，到了文艺复兴时期，发生了什么样的变化呢？

文艺复兴起源于 14 世纪的意大利，那里最早发展起商业活动，市民阶层积累了经济和政治实力。其后，文艺复兴从意大利扩展到法国、英国、德国乃至整个欧洲，成为将自然舒展的人性从过去中世纪黑暗的王权统治和宗教压迫中解放出来的运动。文艺复兴时期的欧洲，社会生活和文化开始全面走向近代。

进入文艺复兴时期，女性的社会生活方式也开始得到扩展，西班牙的科尔多瓦大学里出现了多名女性学者。莎士比亚是代表文艺复兴时期的丰富性和充沛人性的艺术家之一，他的戏剧作品常常成为人们讨论的话题。莎士比亚戏剧中的出场人物丰富多样，正如社会现实一样多彩，这也是其戏剧的特征。他在作品中描写了人类的可怜、狡猾、奸诈、智慧、天真无邪和一切强烈的欲望，其中登场的女性也绝不相同。这些女人千变万化，有麦克白夫人①一样可怖的女性，有李尔王的三个女儿那样性格不一的女性，

---

① 莎士比亚创作的《麦克白》中主人公麦克白的妻子，她是个恶毒的女人，表现了人性罪恶的一面。

有在与罗密欧的悲恋中殒命的贵女朱丽叶，有《温莎的风流娘儿们》①《量罪记》②中豁达奔放的女性，也有哈姆雷特不幸的爱人奥菲利娅，等等。

但是，现在我们看莎士比亚的著名杰作《奥赛罗》时，会对女主人公苔丝狄蒙娜的命运感到十分痛切。

奥赛罗是一位出生于非洲的武将。他作为勇敢的胜利者，迎娶了美丽的欧洲贵族小姐苔丝狄蒙娜。但是奥赛罗手下有一个叫作伊阿古的奸诈小人。伊阿古天性卑鄙，向来喜欢用自己的奸智搅扰单纯正直的人们的生活，并以此为乐。苔丝狄蒙娜顺从且无比美丽，黑人奥赛罗和蔼可亲，这些激发了伊阿古想使坏的心思。一直在等待机会的伊阿古抓住了一个时机。他向奥赛罗隐瞒不幸的遭遇，同时成功激起了奥赛罗对自己妻子的猜疑和嫉妒。奥赛罗是一个黑人，作为苔丝狄蒙娜的丈夫，他因而产生了嫉妒；同时，作为一个人，他也感到苔丝狄蒙娜的轻浮损害了他的威严，于是不堪忍受，最终杀死了苔丝狄蒙娜，然后自杀了。在莎士比亚的悲剧作品中，《奥赛罗》凭借着伊阿古的奸智、奥赛罗的耿直、苔丝狄蒙娜纯洁的爱情等特点，直到现在仍是有血有肉、让人感动的作品。苔丝狄蒙娜有一块重要的手帕。那是奥赛罗给她的，奥赛罗告诉她，不要丢了这块手帕，如果它不见了，他会认为她的

---

① 莎士比亚创作的戏剧作品，出版于 1602 年。
② 莎士比亚创作的戏剧作品，又译《一报还一报》，据传写于 1603—1604 年。

爱也消失了。这块手帕是作为他们之间爱的证据而送出的。它吸引了伊阿古的注意。伊阿古用巧妙技巧从苔丝狄蒙娜那里偷走了这块手帕，然后让周围人都认为手帕是苔丝狄蒙娜偷偷送给他的。

丢失了手帕的苔丝狄蒙娜明明被困恼和担心折磨着，却没有将手帕丢了这件重要的事情透露给奥赛罗一个字，也没有请求他帮助一起寻找。

只是，看了这出悲剧，我们女性在心中同情苔丝狄蒙娜的同时，也生出了不耐烦和愤怒。为什么，苔丝狄蒙娜！如果你真的那么爱自己的丈夫奥赛罗，为什么不早点坦白手帕被偷了的事实，为什么不让他一起分担这份不安和困恼呢？苔丝狄蒙娜深爱着奥赛罗，但另一方面也害怕他。她承受着奥赛罗强烈的爱，受压于"不要丢了这块手帕"这句话的力量而麻痹。因为苔丝狄蒙娜这种无判断力的过度顺从和纯净、良好的品格，才没能阻止奥赛罗悲剧的发生。

文艺复兴时期出现了这样的作品，对此，我们必须严肃看待。文艺复兴虽然解放了女性的人性，但那人性体现在苔丝狄蒙娜身上是多么被动，多么模棱两可、摇摇欲坠啊。从我们现在的常识来看，非常重要的手帕不见了，我们会对对方说："您送给我的手帕掉了，请和我一起找找吧。"即便没有找到，被骂得狗血淋头，也能使对方认识到自己的爱情没有因为这件事情而产生变化，丢失手帕只是一个灾难。这是因为手帕不过是件物品而已。其中

43

本质的问题是夫妇之爱。即便失去了手帕这一爱情信物，爱情也必须得到保护，爱情也可以被守护住。这其中，应该有可以通过人的自主性来化解困难的爱情。但是，通过苔丝狄蒙娜，人们会认为文艺复兴时期的上层女性就像这样，尚不具备守护自己的爱情、防止自己发生悲剧的能力。这是女人的可怜之处，也是男人所看到的苔丝狄蒙娜的性格。苔丝狄蒙娜的悲剧在于，因为缺乏明确的判断力和坚强的意志力，她对奥赛罗毫无底线的顺从、奉献，使事态朝着不好的方向发展，最后让伊阿古的奸智有了得逞的机会。在想到这样的苔丝狄蒙娜的时候，我们的心中自然会接着刚才的海伦思考女性立场的问题。

　　在苔丝狄蒙娜身上，文艺复兴让她爱上了肤色不同的奥赛罗，但没有给予她能让这份爱开花结果的智慧。文艺复兴时期，除了文学，绘画和雕刻中也出现了众多伟大的作品。但是仔细观察就会发现，米开朗琪罗的画中总是带着某种忧郁。看看著名的梵蒂冈的壁画①，在米开朗琪罗宇宙般的雄浑中透露着一种无法忽视的忧郁。读过米开朗琪罗的传记就能充分了解他拥有多么惊人的天赋，同时又因教皇的随性和反复无常受到了怎样的压迫。文艺复兴的另一面仍存在封建的痛苦内涵，它甚至残存在教皇和艺术家的关系中。

---

① 指梵蒂冈西斯廷教堂的《创世纪》天顶画和壁画《最后的审判》。

当时的教皇虽然认可米开朗琪罗的才能，但他相信自己的绝对权威，这一习惯带来的封建性，使他并不十分认同米开朗琪罗作为艺术家的人性。在米开朗琪罗那巨大的才能和宽广的人性中，总有因无法完全展现自己而产生的不安。恰好和苔丝狄蒙娜对奥赛罗又爱又怕一样，米开朗琪罗对自己的才能和教皇不得不感到畏惧。

文艺复兴的表面，是华丽奢侈的厚实浮雕的历史，但其内里依旧残留了浓厚的封建性。列奥纳多·达·芬奇的蒙娜丽莎将什么样的微笑留给了今天的世人呢？蒙娜丽莎的微笑，从她被描绘出来的那个时代开始就被称作谜一般的笑容。她的微笑能蛊惑人心，是足以让凝视这微笑的人内心发狂的笑。我认为，蒙娜丽莎的微笑不是被解放的女性的微笑，它终归还是与苔丝狄蒙娜的不安及米开朗琪罗的忧郁有关。

达·芬奇的这幅女性画像拥有让世界以之为谜的微笑，画中的女性只有嘴唇、脸颊和眼中带着笑意，并不是那种露出牙齿的非常开心的笑。蒙娜丽莎在专注地看着什么，眼神非常深邃，淌进了人的心里，但绝非开心灿烂。在她那沉重、丰满又美丽的眼睑下是忧郁的视线。她却那么专注地看着，一直带着笑容。蒙娜丽莎或者说乔孔达[1]的笑容的本质到底是什么？我想从我们女

---

[1] 蒙娜丽莎的意大利名字。——编者注

性自身的内心出发，来试图接近蒙娜丽莎和列奥纳多·达·芬奇的内心世界。

列奥纳多·达·芬奇为这幅美丽的蒙娜丽莎画像花费了许多年，到头来却没有完成。像列奥纳多·达·芬奇这样的画家，用数年画一幅肖像画最后却没有完成，这到底是怎么回事呢？或许可以说，在列奥纳多·达·芬奇自己认为蒙娜丽莎画完了之后没多久，蒙娜丽莎的脸上，她的眼睛里，甚至嘴唇上忽然出现了列奥纳多未曾发现的一种新的人类情感，闪现出了女性的美丽。

在描绘富贵美丽的蒙娜丽莎时，列奥纳多是怀着怎样的心情装饰画室，奏响音乐，让她感到愉悦的呢？在梅列日科夫斯基[①]的一本以列奥纳多·达·芬奇为主人公的历史小说《诸神的复活》[②]中，对这一场景有详细的描写。蒙娜丽莎那幽玄的表情经由列奥纳多·达·芬奇无限宽广深邃的智慧，完整地呈现了出来，但我想，充斥在那幽玄之中的感官上的强烈压力，绝不是列奥纳多的智慧制造出来的东西。蒙娜丽莎是位成熟美丽的女性，她的整体存在中有着一种热情，让她忍不住要用那样带着深深哀愁的视线凝视某处。她也有着强烈悸动，让她不由自主地将优美的双手放在那丰腴的胸脯上。而列奥纳多何其敏感，他捕捉到了

---

① 梅列日科夫斯基（1866—1941），俄国作家、诗人、文学评论家，俄罗斯文学"白银时代"的杰出代表。

② 以意大利文艺复兴时期为背景，反映列奥纳多·达·芬奇的生平与创作活动。

这种感觉，一边感受着一边用画笔描绘。被描画的美丽女性和善于绘画的列奥纳多之间，如没有合流一脉的感情，那才是不自然的。蒙娜丽莎用自己的感觉感受着列奥纳多的知性，列奥纳多则用可见于他所有素描作品中的令人可怖的人类观察能力，把握住了蒙娜丽莎这位女性内心深处的微妙感觉。当异性之间产生这样的共鸣时，这种感情不是恋爱的情况非常少见。因为人类同伴相谐最深刻的表达，恰恰存在于这种和谐之中。

蒙娜丽莎或许在她丈夫的身上，感受到了发生在她与列奥纳多·达·芬奇之间复杂微妙的和谐，也可能并不是这样的。同时，对于心中涌起的新的人生感觉到底属于哪一类，蒙娜丽莎自己也没有明确的答案。否则的话，为什么她的脸上始终浮现那种接近于无限、意向不明的微笑呢？当她清晰地抓住自己女性情感的本质时，那样的微笑会突变成痛苦的表情吗？若非如此，也许也会变成巨大的喜悦闪现出光辉。

这样一来，也可以想见文艺复兴时期的感情形态了。蒙娜丽莎凝视着，那样凝视着令她无法移开视线的愉悦情感，她脸上浮现出的笑容反映了她不自觉的、无所言说的内心，但作为文艺复兴时期的女性，她终究没有将那种憧憬付诸行动。因那凝视、微笑和在内心激荡的情感，列奥纳多意识到这会是一幅永远未完成的肖像。可以推断，列奥纳多也有意让这幅画处于未完成的状态。未完成的肖像最终没有送到它的委托人蒙娜丽莎的丈夫的宅邸。蒙娜丽莎究竟会对列奥纳多不画完这幅画，还总是将它放在自己身边而感到不满吗？蒙娜丽莎并没有试着用自己的热情打破一个意大利女性的命运，而是听从父亲、兄弟的命令，和他们选好的对象结婚，最终不得不在丈夫的权威下度过一生。文艺复兴赋予了蒙娜丽莎人的自由，让她可以拥有那样的笑容，却控制了此后她作为独立个体的女性的社会行动。

这样看的话就能明白，文艺复兴的华美艺术并没有完全解放那个时代的人们。

到了18世纪，法国出现了像卢梭那样拥有近代唯物主义哲学思想的人们。工业革命使人们进入了必须工作的状态，也是从那个时代开始，产生了认真工作、必须靠工作生存的勤劳大众，这一点影响延续至今。

历史上开始出现无产阶级女性。那时，英国和法国也涌现出了多位女性作家。19世纪的英国文学中，有让人无法遗忘的乔治·艾略特、简·奥斯汀、勃朗特三姐妹和盖斯凯尔夫人[1]。法国则有以斯塔尔夫人[2]为首的，日本读者也十分熟悉的乔治·桑[3]

---

[1] 伊丽莎白·盖斯凯尔（1810—1865），也称盖斯凯尔夫人，英国小说家，代表作有《南方与北方》《玛丽·巴顿》等。

[2] 斯塔尔夫人（1766—1817），法国评论家、小说家，浪漫主义文学前驱。

[3] 乔治·桑（1804—1876），法国著名小说家、传记作者，被公认为欧洲浪漫主义时期最重要的作家之一，凭借发表的第一部长篇小说《英迪亚娜》（1832）一举成名。

等作家。而且值得注意的是，这些女性作家中，除了斯塔尔夫人，其余的都是中产阶级女性。乔治·桑第一次婚姻破裂之后，在为生活打拼的同时，写成了主张女性权利的《英迪亚娜》。艾略特作为一位不得不依靠稿费生活的女性，也开始写起了小说。以上这些女性作家在作品中触及了各种不同的主题。后来卢梭出现了。相对于当时社会强加给女性生涯的、在法国绝对王权的基础上造成的形式主义和宗教性思考，他强烈要求人的自然性。

对于法国路易十四世到十六世时代猛烈的专制主义，作为哲学家、教育家的卢梭主张人的平等与自由独立，提倡女性和男性在人性上的自由平等。除了近代民主主义先驱卢梭之外，还出现了像伏尔泰、狄德罗① 那样的近代思想启蒙家。

1793 年的法国大革命在法国乃至整个欧洲吹起了新风。玛丽·安托瓦内特② 是法国大革命的核心人物，在极尽腐败的法国宫廷生活中度过了短暂轻浮的一生。她是其中被利用得最彻底的一位女性。她的命运完全是被动的，从历史的各个维度来看，她的一生都充满了话题性，但她自己什么都没有写下来。玛丽·安托瓦内特是奥地利女大公玛丽亚·特蕾西亚③ 的女儿，她接受了

① 德尼·狄德罗（1713—1784），法国启蒙思想家、唯物主义哲学家、文学家、美学家，百科全书派代表人物。
② 玛丽·安托瓦内特（1755—1793），法国国王路易十六的妻子，在法国大革命中被处死刑。
③ 玛丽亚·特蕾西亚（1717—1780），奥地利首位女大公，哈布斯堡王朝历史上唯一的女性统治者，匈牙利、波希米亚女王，神圣罗马帝国弗兰西斯一世的皇后。

最高等的教育，拥有最大限度的自由，但她所书写的，却仅限于给奥地利宫廷的密书，甚至连一首小诗都没有。明明那个时代那么流行诗歌，贵妇人之间也掀起了文学热。即便是这样的例子，也可以让人断定仅仅依靠女性的地位或学识是无法创造出艺术的。

到了19世纪，欧洲各国的资本主义社会发展接近顶峰。文艺复兴后的18世纪，人类解放已明确了方向，其中的问题亦越来越具象化，尤其是英国率先进行了使用蒸汽机器的工业革命，纺织产业十分发达。英国有大量的女性和儿童在工厂工作。值得注意的是，机械的力量使许多在工厂中从事体力活的男性失去工作，他们的妻子和孩子也一直在与桎梏做斗争。乔治·艾略特清楚地知道自己是一个女人，会受到各种无理的差别对待，她对此感到厌恶，甚至用了一个男性的名字作为笔名①。即使是简·奥斯汀，也在《傲慢与偏见》中讽刺地描写了英国中产阶级家庭对婚姻有着什么样的算计，会上演什么样的滑稽大戏。我们身边那些女儿尚处在适婚年龄的母亲，只要一有时间、一逮住机会，她们就变了眼色，连饭都不吃，买来衣柜，做好衣服，像是卖东西一样随时等人来买她们的女儿。"明明是个女人"，这句话不仅男人，甚至连女人自己也会说出口。19世纪奥斯汀极尽讽刺所

---

① 乔治·艾略特原名玛丽·安·埃文斯（Mary Ann Evans）。——编者注

描写的状态，在保留了许多封建习俗的日本仍屡见不鲜。同样是19世纪，波兰女性作家奥若什科娃①写下了小说《玛尔塔》。今天因战争失去家庭支柱的妇女们在读这部小说时，她们会不会因玛尔塔的艰难处境与自己的悲惨境地极为相似而感到惊讶？

然而在历史中，日本的女性创作了什么样的文学作品呢？我们有《万叶集》②。《万叶集》收录了当时各个阶层的女性创作的优秀作品。有从女帝到皇女，以及其他宫廷女性的歌，也有从东北山区上京的防人③及其母亲、妻子的歌。同时，甚至连妓女、乞丐等这些人咏唱的歌，只要是有趣的，《万叶集》都毫无偏见地收录其中。日本的古典文学中，不曾有过像《万叶集》一样属于大众的歌集。在《万叶集》之前的《古事记》④和《日本书纪》⑤中，最早被描写的女性是伊邪那美命⑥。尽管当时命

---

① 艾丽查·奥若什科娃（1841—1910），波兰小说家，代表作《涅曼河畔》被誉为波兰现实主义小说的杰作。
② 日本现存最早的和歌集，收录了4500多首和歌，共计20卷，7世纪后半期至8世纪后半期编辑完成，被誉为"日本的《诗经》"。吟歌者从天皇、贵族、下级官人到街头艺人、农民等。
③ 防人，古代日本的驻防士兵。——编者注
④ 日本最早的史书，成书于和铜五年（712）。由奈良时代的文官太安万侣奉元明天皇敕命，笔录稗田阿礼的口述内容而成。全书由自天地创始至推古天皇为止的"帝纪"（即天皇世系）和"旧辞"（即神话和传说）两部分组成。——编者注
⑤ 奈良时代编撰而成的日本历史书和神话，是日本现存最早的正史，以编年体叙述了从神代到持统天皇的历史。——编者注
⑥ 日本神话中的女神。——编者注

令编撰《古事记》的人贵为女帝，但撰写它的博士①们仍依照儒教观念，将伊邪那美命放在男尊女卑的框架下。

《万叶集》如实地反映了在这部歌集诞生的时代，日本整个社会及其生产方式是多么原始。其中也表现了日本人的感情，人们言行坦率，认为美丽的事物就是美丽的，想哭的时候就哭，如果爱一个人就全身心投入这份爱。读《万叶集》可以窥知当时的统治权力绝不像后世那样确切、稳固。

万叶集时代之后来到藤原时代②，那是女性活跃于文学的时代。大众普遍认为王朝时代③的文学是由女性建立的。《荣华物语》④《源氏物语》《枕草子》⑤《更级日记》⑥及其他女性文学都是女性写成的。其中紫式部的名字最广为人知。虽然《源氏物语》无人不晓，但这位叫作紫式部的女性，她的真名究竟是什么？紫式部这个名字是宫廷里的称呼。大阪一带的封建商人等，常常把女佣叫作"阿竹殿"或"阿梅殿"。这样的情况下，原本叫"小夜"的女孩在那里工作时也会被称呼为"阿竹殿"，而紫式部、

---

① 日本古代的一种官职，在宫中"大学寮""阴阳寮"教学。——编者注
② 894—1185 年。——编者注
③ 指天皇掌握政治实权的时代，狭义上指平安时代（794—1185）。——编者注
④ 又名《世继物语》，平安时代的历史物语，描述了从宇多天皇到堀河天皇 15 代天皇 200 年间的宫廷历史。
⑤ 平安时代女作家清少纳言创作的随笔集，大约成书于 1001 年。
⑥ 平安时代中期写就的回忆录。作者是贵族菅原孝标的女儿，内容为其 13—52 岁约 40 年间的事情。

清少纳言、赤染卫门①就是她们在宫廷中服务时各自使用的名字。历史上并没有关于紫式部曾叫作藤原某某的记录。清少纳言也是一样。以往清楚地出现在日本历史家谱中的女性，只有藤原家道长一族②的皇后、中宫③、王子的母亲。就像美丽的海伦一样，在藤原一族的权力斗争中，只有那些有利用价值、被当作赠品或者赌注的女性，她们的名字才会被记录下来。

　　紫式部拥有巨大的文学才能和丰富的人生经验，能够写出《源氏物语》这样的作品，但现实中，作为女性，她的生活和男性的并不一样。我们也不知道写《更级日记》的女性是谁。作者在这部描写中层女性生活的《更级日记》中，将那些有着不称职父母的女性受生活锤炼的样子描述得既优美又生动。《枕草子》具有非常鲜活的色彩感。例如，穿着代赭色和服的舍人④手拿紫花绿叶的鸢尾走来的样子就十分明丽，月夜里乘着牛车行过，车辙留下的浅浅水洼里倒映出月亮熠熠的光辉也很有趣。清少纳言的美感于当时生活在宫廷中的人来说，是少有的动态的美。这种

① 赤染卫门（约956—约1041），平安时代中期的女歌人，"中古三十六歌仙"之一。——编者注
② 藤原道长（966—1028），平安时代中期的公卿。藤原家族自藤原道长开始，有将女儿送予皇室联姻的惯例。——编者注
③ 日本天皇之妻的一种称呼，皇后、皇太后、太皇太后的总称，即正宫。——编者注
④ 日本皇族的近侍者；牛车御者或乘马执缰者。——编者注

感觉之新，恐怕连马蒂斯①见了都要大吃一惊。不敢相信这是11世纪日本的作品。然而，我们无法判断这位叫作清少纳言的人究竟是谁，也不知道她度过了怎样的一生。即便在文学的历史中，也没有留下一个普通的女性个体的生活印记。在当时那样的社会中，是什么驱使清少纳言、紫式部和其他女性写下了那样的文学作品？藤原家的权力争斗向来激烈，那些将女儿送进后宫和中宫的父母们，为了通过社交来维护政治上的权力，会安排有文学才能的宫女陪伴在他们女儿的身边。这既是装点，也是一种防卫。紫式部也好，清少纳言也好，都是为了装点女主人，用优秀宫女的名声来提高女主人的地位才被雇用的。此外，从《更级日记》中我们也能了解，对于那些并非出身豪门，必须通过自己的才智来获得好姻缘的中层女性来说，进宫侍奉也是一种谋生之道。《源氏物语》中的"雨夜品评"可以证实，在女性生涯这个层面上来看，紫式部是现实主义者。她将光君②描写为当时贵族社会的男性典型。现在看来，她主张的是在漫无边际的放浪的感情生活中，仍不要丧失人性。

当时人人皆云风流，以物哀为雅趣，恋爱和结婚都是流动的、顺其自然的，女性不属于任何人，在现实中被男人所爱，又

① 指法国画家亨利·马蒂斯。
② 指《源氏物语》的男主人公光源氏。——编者注

被男人抛弃。就连和泉式部①这样对恋爱生活有着积极行动力的女性，也终究结束在被动的热情里。我想紫式部的伟大之处就在于，作为一个文学者，她在用美好而有力的笔触描写围绕光君展开的几段恋情时，也始终主张人与人之间羁绊的真心实意。像"未摘花"②这样的人物，从当时的文学惯例来看，具有不拘传统的趣味性，而正是基于此写成的《源氏物语》，体现了对女性命运无常的反抗。紫式部绝没有陶醉于"雅爱红叶"的趣向。

藤原时代荣华的基础庄园制度，即不在地主③的经济失衡崩溃，领地的直接统治者地主和庄园主之间开始争夺土地。放到现在来看，这种斗争是以黑社会组织的形式被雇用的武士和地方豪族势力勾结起来，将不在地主的公卿赶下统治地位，接着武家时代④出现了。不久，便进入了战国时代⑤。我想我们不能忘记，日本是从欧洲的文艺复兴发端时进入武家时代的。这一事实影响了明治维新，与现在日本的民主化问题亦紧密相关。

进入武家时代之后，女性的生活实际上变得比海伦更加凄

---

① 和泉式部（约978—？），平安时代中期歌人，"中古三十六歌仙"之一，与《枕草子》作者清少纳言、《源氏物语》作者紫式部并称平安时代的"王朝文学三才媛"，写有《和泉式部日记》。——编者注
② 《源氏物语》中的人物，光源氏的侧室之一，貌陋又缺乏情趣，处境孤凄。——编者注
③ 不在自己所有农地的所在地居住的地主。——编者注
④ 从12世纪末镰仓幕府建立到1867年江户幕府终结的700年间，拥有独立权力和组织的武士进行政治统治的时期。——编者注
⑤ 15世纪末至16世纪末，日本全国各地的诸侯、领主频频交战的时期。——编者注

惨。越是美丽的女性，她作为人质的命运就越悲惨。女性被当作人质，又被当作讲和的礼物给嫁出去。战国时代女性的爱情和人性是如何被践踏的，只要看看细川忠兴①的妻子伽罗奢②那悲壮的一生就能明白。明智光秀③的三女儿阿玉信仰基督教之后，得到了伽罗奢这个洗礼名。当石田三成④入主大阪城，想要对抗德川家康时，作为辅佐德川的细川忠兴的妻子、被秀吉灭门的明智光秀的女儿，她拒绝了被强行带入大阪城的要求，在屋子里放了一把火，让老臣将自己刺死。在 36 年的短暂生命中，阿玉尝尽了武家女人的痛苦。

那个时代，作为文学创作者的女性已不复存在。在谣曲⑤这一具有时代特色的文学中，倒是出现了对女性的描写，但要说的话，那也都是些癫狂发疯的形象，要么活着却因为爱情而变成了"生灵"⑥，要么死了但仍以魂灵出现，表现了苦闷的女性心理。我们可以知晓当时的女性是如何抹杀掉自己的希望活下去的，以及想要杀死别人的那种沉默的恐怖是如何流淌在男人们的潜意识

---

① 细川忠兴（1563—1646），战国时代至江户时代初期的武将、大名。大名是日本古时封建制度对领主的称呼。

② 细川伽罗奢（1563—1600），原名明智玉，细川忠兴的正室。

③ 明智光秀（1516 或 1528—1582），战国时代至安土桃山时代的武将、大名，归于织田信长帐下，后发动本能寺之变致织田信长身亡。——编者注

④ 石田三成（1560—1600），安土桃山时代的武将、大名，是结束战国乱世、实现日本再统一的丰臣秀吉的家臣。

⑤ 简称"谣"，日本能乐的词曲，在演剧中相当于剧本。——编者注

⑥ 在身体之外自由活动的活人灵魂，甚至附到其他人身上。——编者注

里的。疯狂、生灵、死灵，这些说法中含有对不寻常人类的恐惧。谣曲被认为是僧侣的文学。那些靠着现代的黑市买卖过上了有闲生活的人们，卖力吟唱着女性的哀伤物语，这真是令人愤怒的滑稽景象。

德川家康给战国时代画上了休止符，接下来，开始了江户时代长达300年的低迷。那个时代的女性地位，只用《女大学》[①]一部作品举例就能让人充分理解。虽然说"德川三百年"，但在这短短几个字中，隐藏着很多我们现在仍未能解决的封建性问题。日本模仿中国的儒教精神，将"家"作为封建时代的绝对中心。与家风不符的不行，不生孩子不行，嫉妒不行。贝原益轩[②]在《女大学》中大书特书"七去之法"[③]，例如，作为妻子应该早起晚睡，女子必须料理饮食。这位贝原益轩还写了《养生训》，长篇累牍地叙述了男性长寿的秘诀。如此一对比，我们的心里不禁感到震惊。一定要让睡眠不足、营养不良、身体寒凉的女性生孩子，不然就要赶她们离开，该如何看待这种残暴呢？将没有孩子这件事全都归罪于女性，这样的人还写什么养生训！

---

① 日本江户时代中期之后广泛流行的女子教育书。
② 贝原益轩（1630—1714），日本江户时代的儒学家，留下了诸多著作，领域涉及医学、民俗、历史、教育等。
③ 参考沿用了中国古代离婚的条件"七去"，即古时妇女遭到休弃的7种原因。——编者注

德川时代的文学家有近松门左卫门①、西鹤②、芭蕉，还有在文学上不如前者但依旧有名的马琴③。但是在德川统治的 300 年间，竟没有出现一位女性作家，硬要说的话，也只有俳句领域留下了一些女性的名字。女性如果不服从于父母、兄弟、丈夫和儿子，就没有生存之路。她们不能以自己的意志去生活。就像男性绝对服从于君主一样，女性也必须服从男性，在这样的时代，那些女性不可能去创作文学。武士阶层也逐渐脱离了文学创作。他们不可以在战争中思考深刻的事情。直到最近，这种军事教育在日本仍是一种颇为怪异的存在。一个被砍掉头颅换上了铁头盔的人，要如何像个人一样去创作文学这种具有人性的事物？在连自己是自己内心的主人这件事都无法承认的时代，无论什么时候都不会产生文学。

芭蕉的境遇又是如何？他是下级武士，最终还是从武士转而投入俳谐之道。芭蕉所谓风流的基准是建立在极低的经济基础之上的，这值得我们深思。芭蕉在他屋子的柱子上挂了一个葫芦，仅需要放进葫芦里的米和其他一些现实中微薄的经济基础。他追

---

① 近松门左卫门（1653—1724），江户时代人形净琉璃（用三味线伴奏说唱的木偶戏）和歌舞伎的作者，日本的"莎士比亚"，与同时代的井原西鹤、松尾芭蕉并称为"元禄三文豪"。——编者注
② 井原西鹤（1642—1693），江户时代人形净琉璃、社会风俗小说的作者，俳谐师。——编者注
③ 曲亭马琴（1767—1848），江户时代后期的畅销读本小说作家。——编者注

求从权力斗争和金钱焦虑中获得解脱的艺术境界。这是因为在芭蕉生活的时代，商人已经掌握了武士阶级的经济基础，芭蕉由此陷入不安，丧失了武士的自尊，比常人敏感的他自是无法忍受那虚张声势的武士生活。

放弃做大商人而隐居的西鹤则与之不同。西鹤的短篇作品《日本永代藏》①从经济方面描绘了大阪当时的社会风貌，他的其他作品亦和芭蕉有着截然不同的现实性。武士出身的芭蕉决心精修艺术，他追求新的感性世界，力图摆脱从中国传入的文化，直接描绘日本生活。这种追求之强烈，使他在某个时期创作了大量使用禅言的俳句。那一时期之后，芭蕉对实际世界的直观表现作为一种艺术形式得到了完善。芭蕉的弟子中也有女性俳人。但就女性的生活来说，即便她想要创作俳句，也只有在完成了德川时代附加给女性的所有义务之后，才能艰难地走上风流的道路。如芭蕉的艺术一般精炼、浓缩，穷尽感觉的艺术之路，在那样的女性生活中是难以展开的。她们受累于家事，用一点点的时间在方形纸罩座灯下悄悄地进行艺术创作，在这种情景下，女性要扩展才能几乎没有希望。

近松门左卫门通过悲剧的净琉璃，表现了逐渐从封建的条条框框中摆脱出来的武家和町人们丰富肆意的人性。这些作品让

---

① 以江户时代町人的现实生活为背景的作品，属于浮世草纸文学样式的范畴。

当时的人们泪流满面，但不同类型的女性在其中是以牺牲、献身的惨酷样子被刻画出来的。然而，近松和西鹤描写的女性都没有为自己发声的能力。当时社会中严格的阶级、身份制度建立了一道无法撼动的壁垒，让男女、亲子、朋友之间不能互诉衷肠，这些情况通过净琉璃者绵绵深情的抒情性讲述了出来。义理和人情的紧张关系是近松文学的一个主题。在近松门左卫门的文学中，他描写的那些不幸的恋人像商量好了似的都殉情自杀了。虽然幕府禁止殉情，但在世上无法实现爱情的男女对这个世界不抱希望，最终都走向了死亡。

即使到了明治时代，像这样表达哀怨人性的方式也没有从日本社会中消失。于是我们可以看到，当下人们不因恋爱而自杀，但因为生活艰难而自杀的亲子却不在少数。

接下来，日本来到明治时代。与近代欧洲社会不同，明治维新并不是兴起的资产阶级颠覆统治封建社会的王权，推动历史向前的革命。日本的资产阶级妥协于萨长藩阀①统治下的政府权力，其特殊性在于它靠屈服于改变了形式的旧势力而进入社会。新的明治在其中具有怎样的陈朽，这在樋口一叶的小说中也得到了呈现。我认为一叶的杰作《青梅竹马》着实是一部美丽的作品。一叶的文章雅俗兼备，具有抒情性，成为古典的一个典型。

---

① 藩阀，由明治维新前的旧封建主结合成的政阀。萨长藩阀指萨摩藩和长州藩。——编者注

樋口一叶年仅 25 岁就去世了。在她开始想要创作小说的时候，因请教文学问题而和一位叫作半井桃水[①]的文学家有了来往。像樋口一叶这样的才女，为什么会和桃水这种平庸的作家来往密切，这一点常常成为研究者们讨论的话题。樋口一叶的小说《雪日》是她在下雪天的日记，从这部作品能清楚地了解到半井桃水和樋口一叶一样贫穷。当时，一叶住在中岛歌子[②]的萩舍中，像是她的弟子一样。那里名流汇集，但在那些骄横任性的年轻贵妇人中，一叶的才能受到了怎样的嫉妒、遭到了多少白眼，这在零星的闲话中亦可窥知。一叶在日记中写过，贫穷是多么令人懊恼啊。半井桃水负债累累，为躲避行踪，隐居在一间小屋子里。一叶带着稿子去过那里。既然贫穷的生活是一叶面临的现实，那么可以想见，她会认为毫无保留地坦露这一切的半井桃水是自己的同伴、最亲近的男性。类似的生活现实，贫穷同伴的心情，这些无疑是一叶对桃水感到亲切的强烈动机。但是他们的交往遭到了中岛歌子的反对。一叶以自己和桃水的恋情是个意外为由，断绝了和他的来往。樋口一叶在和桃水来往期间，没有写一首关于恋爱的和歌。实际上，她和桃水断绝来往之后，像是再也没有非难自己的人了一样，终于从封建压力中跳脱出来，开始吟诵恋歌。

---

① 半井桃水（1861—1926），日本小说家，东京朝日新闻社记者，曾传闻其与樋口一叶是恋人关系。

② 中岛歌子（1845—1903），明治时代的歌人。

不仅如此，她还写了很多恋歌，多到像要喷涌而出。我想，这也是出现在明治这个时代的一块苔丝狄蒙娜的手帕。

在此，一叶生活的明治十九年（1886），其时代的强烈封建性告诉了我们许多东西。从世界历史中来看明治十九年这一年，那是美国首次有了劳动节的一年。同时，也是世界劳动者开始争取8小时工作、8小时教育和8小时休息的一年。明治二十三年（1890），日本压迫并禁止自由民权运动，拥护专制权力的绝对性。那一年，世界上首次确立了国际劳动节。我们在这样远落后于欧洲、美国的历史本质的基础上，延续着今天的历史。一叶的《青梅竹马》兼具封建性和藤村等人带来的近代欧洲文学中的浪漫主义，如同一颗展现出罕见和谐性的露珠，是一部有特色的名作。

明治四十年代（1907—1912）左右，日本出现了由平冢雷鸟等人领导的青鞜社的运动。该运动反对封建成规，主张女性作为人也可以发挥自己的才能，应该拥有感情的自主性。田村俊子[①]的文学作品反映了一个阶段，即从明治中叶到大正期间，日本女性是在哪个方向上谋求独立的。以今天的眼光来看，在田村俊子对于女性作为人的感情自由的主张中，含有理解错误的、朴素的男女平等观念。例如，她认为同样都是人，女性也可以和男性一样任意妄为，男人可以抽烟，女人当然也可以抽。她以男性

---

① 田村俊子(1884—1945)，日本大正时代的女性小说家、剧场演员，师从幸田露伴。

为中心，也就是没有对封建的社会习俗进行批判，而仅仅是主张男性能做的女性也可以做，其思想具有局限性。田村俊子没有看到本质上的发展。尽管如此，女性还是开始有了生而为人的自我主张，逐渐理解女性经济独立的必要性。从这一点来看，从明治末期到大正时代的女性解放运动仍是有意义的。

昭和时代伊始，随着第一次世界大战后各国社会主义运动的兴起，日本也开始了无产阶级文学运动。那个时代首次明确了一点：提高女性社会地位和女性解放的课题，与提高一个国家的大众生活整体水平和实现解放的问题是同步解决的。同时，人们也理解了，男性和女性不是性别上的对立问题，而是作为劳动群体的男女所处的社会地位和剥削他们的阶级之间发生的近代社会的阶级问题。

无产阶级文学在文学领域首次开始探索并弄清了一点：在资本主义日本仍残留封建性的诸多社会组织中，文化被迫经历了怎样的歪曲，女性又是因为什么被削弱了文学创造能力的。女性群体发现，在社会现实条件及导致其不幸的社会条件的成因中，不仅是女性受困于那种不幸和不平等，男性同样也感到不幸福。她们觉得必须书写、表达在过去的小说中不曾被提及的人民的声音，他们的控诉、欢愉、悲伤以及对未来的希望。只有培养女性将埋藏在自己内心的声音、想要诉说的故事、要求和希望表达出来的能力，并创造那样的表达机会，无产阶级文学才算是真正肯定了女性文学。

昭和初期，日本出现了无产阶级文学运动，这使得许多在明治维新中没有得到解决的社会、文化矛盾，将首次在近代社会科学的影响下得到梳理和解决。女性占总人口的一半，人们提出，女性和社会、文学的问题与她们的幸福和创造力的发展有关。那个时代开始涌现出具有新素质的女性作家，如现在仍进行创作的佐多稻子①、平林泰子②、松田解子③和壶井荣④等。和过去的女性作家们不同，这些女性作家经历过贫穷，体会过劳动的滋味，体验过女性的沧桑。这些人让真正认识了社会矛盾，希望在人性上有所发展的女性的声音开始出现在文学中。

如果无产阶级文学运动发展顺利的话，想必现在的日本新民主主义文学也会有十分不同的光景。但是，日本的统治阶级在压制民众的进步性方面实在严厉，尤其是最近十几年来，净是为了军事目的而持续扼杀民意。无产阶级文学说到底也还是追求新社会的发展，倾向于否定半封建性的资本主义社会的矛盾和桎梏，所以带有军事性质的日本专制统治权力应该不会接受。无产阶级

① 佐多稻子（1904—1998），日本无产阶级女作家，曾获川端康成文学奖、每日艺术奖等。
② 平林泰子（1905—1972），一生颠沛流离的日本女小说家，曾获日本艺术院奖恩赐奖。——编者注
③ 松田解子（1905—2004），日本女小说家，二战后参加了新日本文学会。
④ 壶井荣（1899—1967），日本女作家、儿童文学家，以反战为创作主题，代表作有《二十四只眼睛》《萝卜叶子》《有柿子树的人家》等。

文学和为人民解放而兴起的所有运动一道被扼杀了。女性也开始直抒胸臆。如果放着不去管它的话，那些思考、语言和行动都会逐渐变得成熟。所以统治阶级趁现在要堵住那些对男性产生深刻影响的女性的心理、语言和行动。女性几乎被绑住了手脚，与解放运动一起，她们真正迈向独立的道路被切断了。这种压抑且漫长的岁月一直持续到1945年8月15日^①。

战时，少年和青年们过着什么样的生活呢？他们中间也有被特攻队带走的人吧。被征用后在各种地方工作，因为学生动员导致人生目标受挫的也不在少数。还有很多家被烧了，失去亲人，生活就此动荡不安的人吧。每个人的人生中都刻下了深深的伤痕，就这样，战争结束了。

日本接受了《波茨坦公告》，承诺必须进行民主化改造。世界强行让现在的日本政府承担起了解放日本人民、打造民主社会的责任。换句话说，现在的日本政府之所以被允许存在，正是因为它有这些责任。但是，又有多少年轻的新作家被输送到当下的民主文学中？很少有人能意识到自己是与新日本一同诞生的新作家，要生机勃勃地活着，带来新的作品。这中间包含着当下深刻的问题。

现在二十四五岁到三四十岁的人，无论男女，都比没有经

---

① 日本天皇被迫宣布日本无条件投降。——编者注

历过战争年代的日本青年有更丰富的人生经验。他们曾一度否定自己的生命，而后又挣扎着活了下来。他们要么见过饿死的人，要么自己就经历过营养失调，勉强得以生存。为什么没有从中产生出新的文学？凭什么说他们被卷进了历史性的野蛮行为中，却连苦恼、偷偷地哭泣、渴望歌颂人性的心都没有呢？另外，又是为什么没有出现一本关于这些事情的小说呢？明明有这么多被击碎了爱情的女人，为什么没有迸发出声音来？我想，这才是我们现在面临的真正严重的问题。

书写文学作品，不仅是描写对现象的记忆，还是对一种经验进行复杂的人性解读，也就是你自己是如何看待的，有什么样的想法，从中获得了什么。小说由此诞生。如果仅依靠肉身的体验就能创造出文学，那么可以说，那些经历了痛苦，多次生产的女性谁都可以写出杰出的作品。可是，没有一部小说仅从肉体经验而来。在平和的人民看来，这场战争原本是什么样的？如果这是一场日本的民众谁都可以讨论其得当与否的战争，投出自己的一票，决定是否参加的话，那么人们会对这场战争的历史意义及其对个人命运的影响进行反思，而且可以从中吸取某些人性方面的东西。然而事实并非如此。从脑子里取出脑髓，碾碎心脏，在仅有的忍耐中，无论是男人还是女人，都被耗尽了。用石头做心脏，给脑袋套上仿佛要压出脑髓的钢盔，戴上防毒气面罩，所有人都在赌，赌上了命运，赌上了生命。日本的女性连自己的爱情都无法做主，这甚至会让世界上其他国家的女性都不敢相信。我们要如何反抗这样的状态？在权力的压迫下被强行拖入战争；要不然做一个坚决反对战争的人，被打入监狱。这一切之中，我们承受着无法言说的残酷，那并非我们自愿想要拥有的经验。我们被不值得人类夸耀的战争逼着走。在这场完全像牲畜一样被追赶的战争中，我们牺牲了自我，几乎只是埋头忍受着肉体上的痛苦，根本无法保持精神来创作文学。当时的男男女女都在拼命活着，太过消极被动了。明明对民主主义文学抱有很高的期待，但为什么女性作为人民不写批判战争的文学；作为母亲、爱人，对于女性在负担重重的社会中通过工作承担家庭经济责任的经历，也不创作一些文学？现在来看，不仅是因为这些经历都是被动的，更与战后生活的不稳定有着非常密切的关系。她们失去了可以治愈战争中受伤的心灵，能够产生文学的生活前景，也失去了劳动可以带来的生活保障。通货膨胀在短短两三个月内使物价急速上涨，随着每个人的经济破产，女性为社会生活、为家务事而产生的担忧也空前加剧。首先，必须活下去。只有活下去才有文学。反过来说，文学是对人生最深刻的表达。

我们在其中领悟到了一个事实，那就是文学的发展需要有与之相适应的社会基础，劳动阶层对安稳生活的要求与我们对具有人性的文化所要求的恰好是完全一体的。修改后的宪法认为男女平等，但在现实生活中，男性和女性的劳动薪酬并不相同。即便说男女拥有平等的选举权和被选举权，可是作为基础的经济、社会生活的平等却远未实现。尽管女性的 24 小时和男性的 24 小时在时间的使用上存在自然的差异，但为了使其在社会品质的高度上实现平等，工会和所有民主阵营要求的改善薪水及待遇的问题、家务社会化的实现等，就成了绝对必要的前提条件。

让我们来看看所有文化的基础——教育。宪法规定所有人都可以接受教育。但是现在，每天都去上学的学生几乎都是有产阶级家庭的孩子，这对民主日本的建设是多么严重的不利因素啊。学生们为了生存，甚至做起了黑市交易。全民接受教育只在宪法里说说是不行的，如果不创造出现实可行的条件，教育民主化的问题终将沦为骗局。

所有人都可以工作。这样的话，就必须保证可以让人们通过劳动来达到最低限度的生活安定，必须确保劳动人民得到社会保护。这种全体人民对社会生活方式的要求以及为达成它而付出的努力，也扩大了民主文学的可能性。对人民而言，劳动时间和薪酬的问题是人生存的问题，也是文化的问题。作为一个人，生命是由时间塑造的。是将时间用于为人和社会谋幸福，还是成为被剥削的对象，两者之间有着本质上的命运的差异。难道有什么可以否认这一点的吗？

谈到文化、文学的问题，就有必要重新审视"六三制"[1]。美国的教育视察团报告称，日本国民学校六年级毕业生的实力水平只有四年级的程度。为了建设民主日本，提高国民普遍智力水平，文部省不得不延长义务教育的年限，确立了"六三制"。这不是九年义务教育，而是将9年分为6年和3年，称为"六三制"。为什么不把它们统称为九年制呢？如果国库无法保障每个孩子在9年间完成学业的话，那么对于在通货膨胀下越来越贫困的父母而言，每个月的伙食费和购买学习用品的费用将成为一种负担。

文部省应该不会不了解这样的现实情况，所以试图通过立法将9年分为6年和3年，后3年仅接受函授教育即可。之后的3年即便不去学校，仅参加函授课程也可以认为是完成了义务教育。首先，为了新增加的学生而设立的初级中学的学校数量不足，没有老师，连教科书也不全。而且，已经读完6年书的孩子也到了可以帮父母做事的年纪，他们要协助采购，况且因为生活困难，也没有多余的时间。多数情况下，战争受难者、退伍的人和撤回日本的人都很穷困，他们不得不让读完6年书的孩子帮忙操持生计。无论是进工厂、做勤杂工还是当店员，他们都非常迫切地需要雇主给一口饭吃。实际上，在职人那里做学徒的人明显多了许多，像是铁匠和木匠等。劳动基准法对少年的劳动设有保

---

① 日本战败后，根据新的学校教育法，义务教育为六年制小学教育加上新的三年制初中教育。——编者注

护性规定，工会也要求改善青少年和女性的劳动待遇。生活必需品价格上涨，人们要求提高薪酬待遇，从 700 日元提高到 1500 日元，现在是 1800 日元打底。物价飞速上涨，官方牌价也提高了，1800 日元是无论如何也活不下去了。现实情况是，即便是一个过着简朴生活的四口之家也需要 5600 日元。一个大学生没有 2500 日元也是过不下去的。"六三制"的后 3 年如果是函授教育，那么无论在哪里，只要是邮政可以到达的地方，应该都可以完成义务教育。但那些没法去学校，为了谋生不得不进工厂的孩子，那些住在师傅家里当学徒的孩子们，他们又有多少余裕来学习呢？

把纺织产业当作女性问题来看，就能充分了解现在女性劳动最糟糕的状态。无论哪里的纺织工厂，几乎都是寄宿制，几万名刚刚结束国民学校 6 年学习，不过十四五岁、不到二十岁的女孩子在那里工作。伙食由公司提供，而关于劳动工资，所有工厂都不会给姑娘们全额发放，只会给她们其中的百分之几，剩下的都由公司积攒。去年秋天，位于四国的郡是工厂里，女孩们普遍的工资收入是 230 日元。如果公司从成千上万的女孩的工资中抽取一半，并将这些钱给公司挪用一个月时间，这将产生多少经济效益啊。这些刚刚走出六年制国民学校的大门，还像孩子似的女工们也无法判断个中细节。公司为了给这些年轻女孩造梦，将工厂里的建筑涂成白色，修建美丽的花坛，开演艺会，在工厂内建起像女子学校一样的建筑，让她们参加茶道、花道等活动。毫无疑问，这些年轻女孩的文化水准正是日本女性文化水准的基础。在劳动条件最为落后的日本纺织业中工作的女孩，她们的最低文化水准，就是日本民主文化标准的底线。

人民文学、民主文学的课题必须从这里迈出第一步。如果说6年的义务教育只相当于4年的实力水平，那么显而易见，在"六三制"下只读了6年书出来的年轻人就是四年制毕业生。大多数智能低下、没有习得思考判断能力的人，为了克服自己的贫困，比起有组织地去行动，更容易陷入无政府主义，即便他们拥有选举权，也不知道要投给哪一派。如果人民大众被教育成对资本主义的压榨毫无质疑的人，日本的民主别说实现了，还会因为政府的不作为或比标榜不作为更严重的算计，很有可能让人民大众沦落到完全奴隶化的状态。因为自己国家的政府的原因，人民被迫站到从属的立场上，这谁能接受？

将这样的现实当作现实本身来看，并努力引导其往改善的方向发展，才是对今天的日本人而言鲜活的文化性，是文学的内容和素材。比起芭蕉的风流，现在的文学在社会因素上更为深刻，并立足于客观的必然性上。

在爱情的问题上，也必须丢掉苔丝狄蒙娜的手帕。女性的生活不是为了自己的主宰者——男性而精心打扮，展现出女人味，而是要和男性在建立人民幸福的道路上真正相互依靠，真正为创造女性生活的条件而付出热情。为了创造一个理想的社会，必须一步一步地坚持向前，走向建设的道路。那里有新一代的诗歌文学和进行曲。

虽然文学一贯被视为远离现实生活，但事实并非如此。文学可以说是一种历史性、阶级性的行动。为了生存的意义，行动当然有一个发展的方向。在这多灾多难的社会生活中，知道自己的脚尖朝着哪个方向是非常重要的。文学中蕴含的非常重要的个性，要在现实中得到锻炼和打磨，换句话说，就是要理解社会及社会中存在的阶级和自己的关系，要知道如何积极处理这种关系。对我们的一生而言，我们迈出的一步是无可替代的一步。我们有生存的权利。我们有凭借自己的良心肯定某些事情、拒绝某些事情的权利，有为了社会和自己而劳动，唱热爱生命的歌曲的权利。我们也有知道这些权利并实现它们的义务。

提到文学，经常提及"才能"二字。对于"才能"，我想说一句让我铭刻在心的话：

"所有的才能都是义务。"

1947 年 4 月

前不久，借着制作小年表的机会，我重新回顾了以前的出版年鉴。虽然我只是想要知道有多少女性文学力作得以出版，但在翻看年鉴的过程中，内心仍涌出了各种各样的感想。

大体来说，直到最近，女性著作出版的比例都非常低。虽说无论哪一年，出版中所占比例最大的都是文学类书籍，但其中由女性书写的作品数量实在是非常少，有些年份里甚至没有出现一本值得称道的作品。

数量少却年年均有出版的是家务、家政、烹饪、育儿、缝纫、手工艺等方面的书，这些书无论怎么说，大多还是偏向于讲解、补习类的。

把这样的情况做成一目了然的统计图，现在日本的年轻女性若是看到这张图，她们对于自己在文化实力上的积淀会有怎样的感想？

众所周知，日本的出版物数量之多、种类之丰富，在世界上都是首屈一指的。且不论这些好书、烂书的泛滥，女性作品所处的位置就是那么狭窄、消极，让人联想到好不容易在波涛间露出头来的贫瘠小岛。这座小岛终于、终于留住了一些逐渐微弱的声音。

此外，还有一点令我格外感兴趣。想一想那些令人发出"哟，稍微活跃点了，女性也出书了"之感慨的年代，会发现从某种意义上来说，也是日本社会全体对一种积极的新文化抱有期盼的年代，比如大正初期、昭和初期。

直到现在，女性著作的数量都只有那么一点点，这是什么原因造成的？是因为女性都筋疲力尽以至于懈怠了吗？是因为她们没有任何表达的欲望和热情吗？还是因为社会对女性著作之类的根本就视而不见？

回看最近这两三年，会发现在这点上出现了让人大吃一惊的变化。市面上出现了相当多女性写的书，这些书都销量可观。各种日报甚至一天不落地给女性著作打广告，稍微有些规模的书店最近也开辟了专门的区域来摆放女性写的作品。文学作品虽多，但诚然，从严格意义上而言，也有很多算不上是文学的杂书。

多年来所说的出版通胀现象，是随着社会态势全面的急速变化，过去的文化传统展现出变动的一种面貌。我想，若要说的话，出版通胀现象正逐渐渗透到过去出版业者不曾踏足的未开拓之地，即女性的世界。

丰田正子^①的《作文教室》、小川正子^②的《小岛之春》等是其中最引人注目的作品。在文学领域，生产文学^③、素材主义^④出现了，人们因为缺乏对生活的实际感受，内心开始感到饥渴，比起专业人士仔细雕琢过的作品，人们更想读到普通人对真实生活的记录。在这种情绪下，女性文章中率真的美开始被评价为有一点点多愁善感。正是在这样的背景下，丰田正子、小川正子等人的作品出现了，其出版量之大，仅就这点而言，这些书也创造了纪录。

　　有人这样说过："如今，同样无聊不实用的书，只要作者是年轻女性就可以了。"确实如此，女性的著作一部接着一部被出版了。"要不出本书吧"，当这样的念头在年轻女性的脑海中闪过时，或多或少都掺杂着经济层面的原因。

　　我认为就当下这种现象的复杂性来说，我们不能轻易断言：归根结底就是重视盈利的书店老板在网罗看起来能畅销的女性著作。

　　为什么近来女性写的书备受关注呢？女性写的书，总体来

---

① 丰田正子（1922—2010），日本随笔家，曾多次访问中国。
② 小川正子（1902—1943），日本医生，毕业于东京女子医科大学，《小岛之春》是其诊疗手记。
③ 20世纪三四十年代，日本强制推行的"产业报国运动"期间，以提倡节约消费、加强劳动、增强体力等日常道德主义为特征的文学。
④ 如实展现文章的素材、材料的文学形式。

说仍然稀少。这或许是一个原因吧。同时，不知为何，社会让人感到口干舌燥，人们总想要感受一些朴素的、本真的人类情感所具有的温情、柔软和张力，所以有些本不会买书的人也买书了。还有一点很明显，那就是人们的购买力增强了，读书人的阶层完全从过去的范围中扩张开来，这体现出靠自己的能力赚钱，可以随意支配金钱的年轻男女越来越多了。我想，这种现象也说明年轻女性比过去更加清晰地觉察到自己的生活中存在着各种各样的问题，同时，也说明了这些逐渐成为社会普遍性问题的方面受到了大众的关注。

我想，女性之所以理解那些试图以女性身份展开叙事的书，是因为她们想要知道女性所处的新的社会环境和自身面临的各种各样的问题，是因为她们希望接纳自己生活中的问题，并用真实的语言将它们表达出来。

正因为女性写的书和这些书籍的读者的心中具有立足于当下生活现实的动机，所以最近也出现了男性写的关于女性职业及婚姻问题的书。

虽然现在我们确实会感到在医术上有时男性医生比女性医生更可靠，但是就书写贴合女性生活的书籍来说，人们认为有身份地位的男性写的书比女性写的更有分量的时代已经过去了。现在的女性更能从自己生活的现实出发去阅读。那些不满足于仅仅阅读抒发感想的书籍的人，也在追求专业精准的东西，例如，她们会特别关注谷野节①近来所做的关于女性劳动者生活调查的小册子。

不管出于什么原因，在现在这种女性也有一定可能出版书籍的时候，女性应该在所有种类和范围内继续出版大量的书籍。我认为有质量、有深度，专业且经得起时间考验的精良著作要多一些、再多一些才好。

随着女性劳动范围的拓宽，在文化层面出现她们活跃的身影是再自然不过的事。但我希望，这种劳动不要仅仅变成女性历史发展中的一种消耗。如果女性的书写成了从眼前飘过的文化泡沫，该是多么悲哀的事啊。

如果说过去是出版通胀的话，那么就现实来看，其中最鲜活、最为滋养、最有诚意且具备发展可能性的一部分，或许就是女性著作领域了吧。除了少数拥有特殊写作天赋的女作家，日本的女性总体上离写书还有些距离。可即便是无聊、不实用的书，作者也倾注了最大的努力。在我看来，其中隐含着从最低水准一步步向上、不断成长的不可忽视的力量。

1941 年 9 月

---

① 谷野节（1903—1999），日本官僚，日本最早的女性行政官，因其在调查女性劳动环境方面的开创性工作而闻名。

卷二·

行进中的女人

新 的 起 航
——女 人 味 的 昨 天、今 天 和 明 天

　　对于女人味，女性自身是如何感受、如何看待的呢？这个问题十分微妙有趣。而"女人味"这种说法又是从什么时代开始，在人们日常生活的情感中成为一种观念的？我对此亦颇有兴趣。

　　读过《万叶集》的人都知道，那个诗歌世界自然如实地流露了男女心绪。其中有诸多对可爱的、美丽的、娇艳的女人们表达爱慕、称赞的句子，但竟无一例是因她们符合女人味之标准而受到赞美。这实在是令人感到欣慰。在那个时代，女人和男人的生活较为原始，但女人因为具备许多先天自然的条件，她们自然而然地接受了美女、丑女、贤女、愚女等个体之间的差异，对于女人味这一自然属性并无特别的看法。毫无疑问，紫阳花就是紫阳花，红梅就是红梅，并没有附加的深意。评价时仅针对事物本身。如果紫阳花开了颜色珍奇的花朵，仅将此现象视为自然——这在紫阳花中是少见的颜色啊，并始终怀着这样的心情欣赏。无论牝鹿有时表现得多么温顺，有时又流露出多么凶猛的一面，女

性还是将其视为牝鹿本性的自然流露。所以，女性也是用同样的态度看待她们身上的女人味的，即女人味在社会的情感中会流动、变化。

在近松门左卫门的笔下，他已经非常明确地将女性的女人味放在与男性气质相对的位置上，并在其艺术作品中对这种女性心绪的独特波动进行了描写。无论结局好坏，女性总是积极主动地迎合男性喜好——身为女儿则为父母，身为人妻则为丈夫，身为母亲年老后则为子女，磨平自己的喜怒哀乐。这种不得不压抑女人天性的苦闷，近松都在丰富多彩的情节中予以描绘。近松的艺术在日本文艺史上占据了极重要的地位，由此可见，近松作品里的情感世界在日本社会历史中是如何影响了一代又一代人，引起他们情感上的共鸣的。那个封建时代的女性故事引得男男女女潸然落泪，此番情景直至今日，在我们的生活中也并不陌生。

要论女性在"女人味"这一表述成为其生活规范的社会历史过程中扮演了怎样的角色，可以说将这一观念附着在女性身上的绝不是女性自身。随着社会逐渐成形，男性在积累财富的同时，开始注重可以将财富传承下去的家系。从统治社会和家庭的立场出发，他们以其中利害关系的视角看待女性，将他们需要的女性素质作为基础，总结形成女人味这个观念。所以，在女人味这一具有社会性的观念逐渐固化的过程中，女性被迫扮演的角色亦表明了她们在社会中丧失了女性的实权。

虽然女人味常常与家庭生活联系在一起，但回溯这一观念产生的历史就会发现，在现代所说的家庭形式与父权一同开始形成之初，女性自发的天性表达就受到了某种束缚，她们绝不可能再像万叶时代的女性一样天真烂漫。这着实耐人寻味。

即便在《源氏物语》的时代，女人味也如紫式部描写的那样充满艰难。佛教和儒教多对女人味强调忍耐的一面。比起孟母三迁这种女性将自己的判断积极付诸行动的例子，它们认为女性在三界^①中是没有居所的，女性必须遵守三从^②，这才是女人味。因而女性在那种痛苦的生涯中，只能放弃可以使她们实现个人成长并变得达观的道路，"放弃"也因此在女人味这一观念定式中被视为非常重要的一个要素。

战国时代，某位大名的夫人在战败后城池陷落时，拒绝了父亲派来营救她的使者，与自己的两个女儿一同自尽，与城池共命运。这个故事在人们的心中留下了深刻的印象。在当时男性规制的女人味的框架下，那位夫人最初被许配给了一位大名，但是，基于那个时代的政治谋略，她的亲生父亲与丈夫不和之后，就强制将她带了回去，再次许配给别的大名。不幸的是，这次她的父亲和第二任丈夫爆发了战争，丈夫战败了，所以父亲和以往一样要将她接回去。这一次，父亲也希望一直以来都遵从父命行动的

---

① 佛教用语，指欲界、色界、无色界。
② 指女人未嫁从父、出嫁从夫、夫死从子。

女儿可以顺利脱险、平安回归，并用她光彩照人的美貌成就第三段姻缘，这样就可以守住他的利益了。只不过，那位美丽聪慧的夫人的苦恼使她有了截然不同的决心。其实就连最初的婚配也不是因为她不爱了才离开的。她和第二任丈夫结婚后，有了两个美丽的女儿，她完全了解如果现在抛下这一切，未来等待着她的会是什么。她的两个女儿作为女性，她们的结局也会和自己一样——被他人的意志摆布，无法掌控自己的人生。这样看来，即使让她们继续活下去也是悲哀的，因此她在留下了一封遗书，亲手杀死两个女儿后自杀了。那位夫人不得不用一种悲怆的方式来展现包含在她无瑕心灵中的女性特质，这与当时社会所要求的女人味完全不同。即使在过去，女人味的真实流露也有如此不同的表现，这不正说明女人味中存在深刻的矛盾吗？虽然后来女人味的形式一变再变，但如今的我们，也正苦于一种女人味的矛盾，其本质相同却更加错综复杂。

在欧洲社会，女人味的观念也在和日本大同小异的社会历史中出现了。在那里，不是佛教和儒教，而是基督教对女性的天真烂漫造成了相当大的伤害。在早期基督教中，马利亚是第一个看见基督复活后模样的人，在爱的深度上，她接近于神。但之后，黑暗时代的教会还是认为女性与地狱一样罪孽深重，在女性的女人味中强调生活上的被动性。

即便是在 19 世纪的欧洲，女性的生活也被女人味压得喘不过气来。读一读乔治·桑的《英迪亚娜》及其序言就能感受到，看一看简·奥斯汀和勃朗特三姐妹的真实生活，也会有同样的感受。20世纪初期，英国处于维多利亚女王统治的时代，那时所谓的维多利亚时代的风俗反映在女人味中有多么卑躬屈膝、荒唐滑稽，对于女性来说有多可悲，不仅有许多小说对这一点进行了描写，现在就连"维多利亚"一词本身，也被理解为是对当时女人味成规的悯笑。

女人味，对女性而言是十分不自然的重担。这也给追求女性，将对方视为真正伴侣的男性造成了痛苦。因此，大约从18世纪开始，有心的男女就开始持续地与这一固定观念开展斗争，我认为这是值得关注的。这些斗争不仅仅是反对家长式视角下对女人味的定义，更包含着真正的女性心绪的发育、表现、向上的欲求，要求在社会生活中增加其发展的可能性。今天不会有人不明白，为了消除在社会形成的过程中产生的、对女性而言不自然的女人味观念，社会生活本身就必须往前迈进数步，这样才能在实质上推动女性生活的进步。

女人味之类的表达，就像说雨有雨味一样，可以说是很怪异的。当社会发展到了和《万叶集》完全不同的时代，且在自然合理的情况下，女性可以自由经营生活的时候，像女人味这样带有社会情感的词语还会继续存在吗？我想，到那时，它肯定会被认为是一个过时的词语。"过去，女性因为女人味这样的观念吃了不少苦头。""是啊。"几个世纪之后的女孩们，当她们纯真阔达的心对过去感到恐惧和同情时，可能就会这样对话。我们如此眺望历史，绘制成可以实现的未来图景，带着喜悦的心情将其作为自己生涯的一个目标，这一点也是事实。

我认为，虽然未来的图景是透明的，充满生机与活力，但现在我们的生活却实实在在地被裹挟在女人味的魑魅魍魉中。对于女性而言最困难的是，在不知不觉中，她们自身将女人味这一观念内化成自己真实的样子，或者深信这是自己本心所产生的东西。女性的悲剧在于，在自己人生的态度举止上，自身在这个社会上的行动轨迹中，她们常常自发地有了女人味的感觉，并试图遵从这个感受来行动，将身心交付给这种感受。如今，几乎没有人去质疑正面意义上的女人味和负面意义上的女人味，就连女性自身也试图用这个词来进行自我判断。也就是说，女人味这一观念的产生与女性内部无关，它是为了顺应外部支配而发展起来的。但在历史的代代更迭中，生活的范围被缩小，女人味这一观念的影响甚至渗透进女性自身的内在感受。所有想要认真生活的女性，都开始在自我中感受到正面的和负面的女人味，这似乎也是现在女性与自我抗争的根源所在。

在以男性为主导，由男性处理一切事务的社会中，要求女性具备女人味、处事被动，认为在那之中展现出来的才是女性真正的美德。随着社会历史的发展，如今的现实里，在男性自身和女性自身的真实感受中，这种态度都是非常落后的。如果坚持过去女人味的定义，遵守女主内的观念，那么连国防妇人会①的工作形式在现实中也是与这种观念对立的。女主内的形式，因各种复杂的经济情况也变得愈发复杂起来。妻子早晨用布包着头送丈夫出门，晚上穿着围裙迎接丈夫回家，将丈夫微薄的薪水作为安稳度过一生的唯一依靠。是因为她爱他，才与他保持夫妻关系；还是因为他每个月都会带薪水回来，才将他当作丈夫来认真对待：她的生活态度会有明显的区别。那些真正希望在人性上有所成长的男性，对于这样的女人味与其说是怜爱，倒不如说是感受到肩上沉重的负担。

　　我想有很多年轻女性已经有了自觉，认为自己绝不能用这样的心态安稳度日。为了实现作为人的真正成长，也为了培育真正的爱情，她们希望能活在广阔的社会生活中，拥有工作和婚姻生活。我认为这种希望也是现在女性从本心出发而来的。但是，当女性遭遇困难时，像是因工作种类难以遇到结婚对象，或者，精力上难以兼顾婚姻生活和工作之类的，她们并不会认为这是由于现在所处的社会落后而导致男女都遭受了损害。她们的内心大都会先响起一个老旧的喊声——到头来女人还是要像女人，然后她们就放弃了为创造新的生活需要做出的努力。

---

① 二战期间的日本妇女组织，统一的服装是写有会名的白色围裙。这一组织在战时向军队提供各种服务，女性成员被洗脑到不惜献出自己的生命。——编者注

就连男性，在遭遇这样的社会阻碍时，往往也有一种倾向。他们常用女性来对照自己的不满和不自在，脑海中浮现出女人味这一咒语，并开始觉得女性就该有女人味。这就导致了他们并没有注意到一个更明显的事实：如果以这样的要求去解决问题，那么他们与自己的妻子等于是被非文明的力量捆绑在如今所称的文明的深渊之中。

这个层面上的碰撞其实并非一朝一夕，也并不是单方面可以解决的，因此在近代社会中，有许多人在这一时期为此牺牲。那些被女人味暧昧且顽固的桎梏所压迫，但出于生活需要找到一份职业后，又因为外界强调女人味就是保守、谨慎，所以没有好好体验过恋爱，一生都没有机会展现真正女人味的女性，还有那些在女人味就是贞洁的错误观念下，扭曲了自己和他人的生活而陷入不幸的女性，她们付出的代价，往往会在后来的年轻女性中引起一种模糊的恐惧。我认为这也是必然的。比起在思考为什么她们的生活会陷入那种境地的过程中发现了扼杀女性的女人味，并试图对此强调自己的新态度，多数情况下，她们更有可能在眼下就此打住。想着自己不要成为那样的人，但要说到依靠到此为止的智慧，如何去引导自己，她们就会带着略显自嘲的表情，投身于即使到了自己女儿那一代，社会环境里也不会发生任何变化的女人味中。

那些人会如何看待现代的年轻女性在这方面的自嘲式聪明

呢？这些年轻女性是否有一颗真正的女性心灵，认为这是意义极其负面的一种女人味呢？无论其外在展现出怎样的近代模式，就这样的生活方式而言，因为她们对过去女性生活地位之低有了更深的认识，所以更能直率地承认其本质更加卑微，并对此感到哀伤。在当下的现实中，可以接触到这样一个悖论，即女性因为我们创造出来的女人味而失去了女性的本心。

即便奋起反抗，赌上一生也难以解决，因此女性主动地利用当今文化中的弱点，即女人味的观念，巧妙地用它来进行交易，达到立身处世的目的，这样的态度在今日女性对生存的盘算中也十分引人注目。实际上，这是建立在现实的女性自作聪明的误解之上的。在矛盾重重的社会现象中，不少应该轻蔑的态度转化成了功利的价值。说到这一点，有人靠这种态度名利双收，但现代的年轻女性不会让人生的评价就此画下句点，她们因此能够达成人性的成长。正因为我们所处的时代有了长足的发展，那些利用女性落后一面生存的女人才暴露了出来。为了真正地拓展女性的生活，有些女人并不想将美带到世界上，而是用女人味来谋生，她们出卖的不是肉体，而是精神。

当社会走向现在这种特殊的时代，女性的职业发展、从事生产劳动的人数及质量是成反比的，人们将女性的教养、谨小慎微、顺从性统一概括为女人味，进一步要求女性具备这些品质。尽管劳动的年轻女性日夜接触的机器是近代科学的尖端产物，但要求她们具备的女人味的具体内涵，对她们而言却绝非便利，也绝不是她们所希望的。年轻的女性对此感到痛苦，她们的内心不加掩饰地将这种痛苦诉诸社会，在这个层面上，她们天然的女性气质也必须得到认可。我想，可以说女性自身以女性同胞的身份而言，也应该要将此作为应当且自然的事情。即便在这种情况下，我们也要搞清楚一个事实，即阻碍女性进步道路的绝不仅仅是男性。

女性本心的活动，既与历史中女性的形象分不开，也不能说其是抽象的。就像男性有各种各样表现精神和情感的方式，女性心灵实际上也有不同的表现方式，这难道不好吗？我认为一位拥有真正愤怒的心灵力量的女性是美丽的，一个为了真正值得悲伤的事物感到悲伤的女人是伟大的，一位从心底深处表现出喜悦的女性是这个世界上的珍宝。我认为所有这些表现都是女人味。

有些男性觉得女性单纯率直地展露心情是件好事，但我想，袒露自己真实内心的女性对这样的看法会露出怀疑的微笑吧。现代女性绝不会在任何时间、任何地点都如此单纯直白地吐露自己的真实心情，这一点她们自己也很清楚。即便有一些伶俐、灵巧的女性用男性可以接受的率真程度表达他们可以理解的心情，但那毕竟不是全部。因为在这个时代，一位女性的真实情感并不都是美好的。

现实是，随着生活圈子的不断扩大和提升，女性内心也和男性一样，不再仅仅满足于一些漂亮话。同时，女性自身也清楚地知道，只有在那些波澜中进一步升华人性情感的生活道路才是真实的。这是女性在追求内心成长时难以避免的需要。

为了在今后越发错综复杂的历史波涛中生存、成长，女性需要创造出第三种人性，那是比过去仅停留在正面和负面两种意义上的女人味更有质的发展的第三种人性。然后就要做好实现自我成长，并使周围环境不断优化的心理准备。在过去正面意义的女人味范畴中，女性充满了对现实强烈且不懈的探求欲，由此必然产生对事物的科学性、综合性看法和判断，以及在生活中寻求一定方向的情感一贯性。如果这些无法成为强韧的生活跟腱，那么无论是在当下还是未来，女性都难以在变化中保证人性的成长。相当多的女性有世俗意义上的胜负欲，但胜负欲这种东西往往建立在与对方的交手上。而在过去，那股建立在女性脆弱感上的坚强力量并未给女性增益，反而给她们带来了更多的伤害。

即便说女性具有非常宽广的人性上的慈爱，但要进一步提升热情，使其更加持久，并在生活中得以实现的话，也是需要巨大的精神力量的。为了找到实现这一目标的方法，或者说是实现的可能性，需要对现实有沉着冷静的洞察，只顾眼前事的态度是行不通的。

举例来说，最近在我们的生活中，就连木炭也能带给我们很多新的体验。照过去的习惯，在对待这类事情上，还没有成为家庭主妇的年轻女子可能会用年少时的闲适态度，稀里糊涂地糊弄过去了。但如今的现实是，即便不是主妇的女性，也会将这类事情当作社会现象加以注意。若是按照过去的女人味来说，将家里打理得井井有条、看起来不寒碜，而且能找到很多容易烧着的炭，这些都是一个女人的本事。那么未来的女人味，绝不是靠这种狭隘功利，只解决眼前事的机敏来实现的。未来的女人味是要具备社会知识，能让孩子们正确地理解木炭短缺的原因，想方设法熬过严寒，具有如此开放科学的心态，并且懂得将这种社会现象当作历史中的一个时期，会用幽默感、积极性和洞察力来判断事态。这些将会成为女人味的日常要素。而且，对于日常中的各种现象及流行的各种奇怪意识，不也需要冷静又充满好奇的、干净澄澈的女性目光来观察吗？如果仔细观察，会发现以上所说的都已经从原本的女人味中往前迈了一大步。

历史的波涛时刻翻涌着，陈旧的女人味的小舟已经破败不堪。我想，我们必须做好准备，坐上用近代科学设计的船只，向着生动快活、饱含真情、充满勇气的明天起航。

1940 年 2 月

当我们说到知性的时候，难免会感到茫然。我想，它和学识不同，和日常生活中透露出的灵巧机敏也不同，我们可以感觉到它是和人生更深一层有关的某种东西。乍看之下，一个人的教养和其展现出的知性的光辉紧密相连，而实际上，教养就像月亮，如果没有知性投来的光，它甚至无法证明自己的存在。教养的范围很广，包含很多内容，而在无法接触到这种教养的环境中仍具有某种优秀素质或知性的人，他们则凭借这种知性深刻地感受生活。在此过程中，他们自然而然地拥有了独特的人生观和教养。我想，这一事实也是人类生活中一种无尽的趣味。

这是对人生的爱，是认真对待他人和自己的命运，努力让其开出美丽花朵的心灵。为此，必不可少的自然是沉着理性的判断、灵活且生机勃勃的独创性和沉稳的行动力。人们把这些方面都融汇在所谓的知性之中，观察事态变化，随机应变。对自己而言某种直观判断的感觉，或是反复思索后得出的最佳做法，这些感受方式被人们作用于生活中。知性不是什么抽象的事物，它是人们为柔韧、跃动的生命力所取的名字。

比如日本的年轻女性由衷地带着兴趣和尊敬阅读的《居里夫人传》。如果只说居里夫人的一生仅是在研究室里通过勤恳的努力发现了镭，那么即便人们对她在科学上取得的成就怀有万分敬意，这样的一本传记也肯定不会让全世界的人有强烈的感动。玛丽，一个来自波兰的贫穷女学生，曾成为贵族家庭中天赋异禀的年轻家庭教师，也失去过爱情，赴巴黎求学前后又陷入穷困。毕业后她与居里相遇，后来身为妻子、母亲和科学家，每天忙得不可开交。经历了这些事后，她还是在科学上取得了伟大成就，其中我们可以看到这个世上难能可贵的非凡之处。若从更宏观的角度来看居里夫人在科学上展现的学识和技能，探究她何以掌握它们的话，会发现这固然与当时的社会条件和她自身坚忍不拔的意志有关，但进一步思考这份坚忍、顽强的意志从何而来，会了解其根基在于丈夫和妻子相互守望，舍弃安稳的生活，共同投身于热爱的科学真理中，也在于居里夫人没有忽略对孩子的关爱和照顾，从中我们能感受到人性的流动。她作为人、作为女性所受到的伤害在那里被治愈了，作为科学家而燃烧的生命也从那里得到了无尽的火焰。

知性不是小化妆盒，绝不是用固定的几种要素黏合在一起，谁都可以装进手提包里的那种东西。知性的丰富性也好，规模也好，要素之间的配合也好，实际上拥有无穷尽的变化。细看的话，在其中起作用的，像是运动法则之类的东西，也是各人各不相同，各自拥有独特的状态。在我看来，人的各种状态、情感的细微变化，其源头恐怕在于知性微妙的运动，是各种振动叠加的结果。

无论是谁，从诞生到这个世界上的那一刻起，就已经拥有了某种境遇。周围的人也大致能想象到与这境遇相关的个人命运的走向和趋势。在西方，有种说法叫"含着金汤匙出生的人"，这也体现了前面所说的境遇。作为人来说，男人也好，女人也罢，都不是生下来就终生不能移动的植物，而是拥有自主能力的人。这一事实也表明，无论是面对与生俱来的境遇还是命运，一个人都可以尽自己最大的努力来做出改变。"人是会思考的芦苇"①，虽然有人喜欢这样诗意的表达，但在现实中，人是拥有更高贵的能动性的生物。人绝不是根被束缚着，承受着各处吹来的风，被打得摇来晃去，发出细微悲鸣，行将枯朽的一尾芦草。人可以自发地行动。正因为有行动，人们才会相爱，甚至互相伤害。人的行动虽然激烈，但这种行动无论好坏，都会使一定的境遇以及从中预想到的命运不断地变化。即便是最温顺的年轻女性，这种外

---

① 这句话来自法国哲学家帕斯卡。

力也不可避免地以各种各样的形式逼近她的生活，这种激烈难道不正是我们如今在无数实例中强烈感受到的东西吗？

置身于人生和历史社会复杂曲折的境况之中，我们仍然保有人性的希望，不失对理性之光明的期待，甚至连摆在我们面前的各种困难，我们也不希望让其仅仅成为旁人眼中的悲惨事件而告终。若拥有这样的雄心壮志，还只能泛泛地认为这是女性争强好胜、不服输的心态使然吗？更何况，像一面破裂的镜子般的小聪明根本派不上什么用场。

我想，喜欢读乔治·桑的《小法岱特》的人肯定不在少数。小法岱特努力改变自身糟糕的境遇，追求自己真心的爱情，她勤劳、充满精气神的样子，就是一个鲜活可喜的例子。她让大家知道，人的知性也有这样一面。

此外，最近堀口大学[1]亲自翻译了《孤儿玛丽》、《杜丝·吕米埃》和《玛丽的作坊》3部小说。法国女性作家玛格丽特·奥杜[2]的生活和作品中，也有很多能让我们思考知性的东西。

奥杜生于法国中部的贫困村庄，是个孤儿。她自幼生活在育儿院里，13岁开始受雇于索洛涅的农家养羊。来到巴黎后，

---

[1] 堀口大学（1892—1981），日本诗人、诗歌翻译家，给日本近代诗歌带来巨大影响。
[2] 玛格丽特·奥杜（1863—1937），法国女作家，代表作《孤儿玛丽》曾获法国费米娜文学奖。——编者注

19岁的奥杜成了一个女裁缝，每天工作12个小时，这段艰辛的生活很快就弄坏了她的眼睛。之后，她在自己家中一边做着维持生活的活计，一边开始写"只给我自己的"小说，并把它藏在阁楼小房间的抽屉里。这部小说就是《孤儿玛丽》。接着，她写了《玛丽的作坊》，《杜丝·吕米埃》是在1937年她过世那年完稿的。奥杜在她的每部作品中都描绘了一个无依无靠的贫穷少女。她们克服世间的艰难困苦，追求有别于低俗女性立身的、充满人性的生活，展现出顽强奋斗的模样。我认为，最近出版的《玛丽的作坊》体现了奥杜对人生的真诚、温暖和正当的愤怒、厌恶，以及女性劳动者以人性的角度观察现实的精准目光，这是她最完美的一本书。让奥杜写下这些作品的，不仅是她那俨然已成为一部作品的人生，而且是她在如故事般的生活场景的推移中所获得的感受、学习到的经验。那样的生活困境带给她只属于她自己的人生果实。

无论是什么人，都有所谓的日常生活。但我想，如果一个人在那些日常中去反思是否有称得上生活的内容，这就与知性有关了。

在生活中受到挑战、锤炼，并将这股力量作用于生活，这样的人类知性既是普遍的，同时也是属于每个人各自的能动性。因此，个人知性的边界受限于某种现实条件的情况也并不少见。例如，就连活出了精彩人生的艺术家奥杜，在自己最后的作品《杜丝·吕米埃》中，她的知性也已经走向了人生中的另一种味道，即哀怜之趣，由此越来越衰弱。在写到女主人公"吕米埃"连自己毕生所爱都无法正当守护之时，奥杜甚至失去了一名女性本应该发自内心的遗憾之情。当人沉溺于自己的主观想法时，知性立刻变得麻木。从这点来看，我们可以将知性的本质理解为旺盛的食欲，这往往需要通过广泛、强势且合理的客观力量来滋养。

当今的日本，人们认为知性就是女性的生活姿态。我想，谈及于此，我们的心中肯定充满即便长篇大论也道不尽的感想。是因为现在的社会能够使人们的知性变得更丰富、宽广、有力，所以才有了女性知性的觉醒，还是因为男性先在社会上做出了野蛮的行径，人们才开始重新审视女性的知性？到底是哪一种情况呢？

在日本，谈到女性的知性时，漫长历史留下的阴影影响至今，已令日本形成了独特的习俗。这种习俗扭曲了人们对知性本质的认识，活泼、主动，还有偶尔以不畏失败的强大力量开创人生新局面等内涵，已经被人们抛诸脑后。取而代之的是被动、懂事，用西蒙妮·西蒙[1] 的发型那样的现代表情来表现过往的豁达，或许可以说，在这样的范围内不会有被制约的危险吧。知性成了对所谓女人味的又一种界定，成了女人味的一种品质，这个词也变

---

[1] 西蒙妮·西蒙（1911—2005），法国电影演员。——编者注

成了当下谈话中的一种点缀。我们能否说女性自己就会坚定不移地向它靠拢呢?

当今世界正面临着最重大的历史转折,地球也因这种紧张而震动。敏锐、有人性且年轻的知性之苦也越发深重,充斥着无声的呻吟。如果我们女性切实诚恳地提出自身知性的问题,必然也要对这个社会的另一半,即男性,在知性方面所处的状态保有极其现实的洞察。当人们称赞夫唱妇随时,丈夫提出的知性之流必将流入低洼的河底。我甚至觉得,只有当我们瞪大眼睛,用从未有过的震惊、悲悯的眼光来看待这个问题时,才有女性知性的觉醒。

1939 年 8 月

　　我想，人大概永远都在思考幸福这件事情。经历了许多时代之后，人类的历史会发生怎样的变化，以我们现在的文明程度恐怕无法预想到。即便那样的时代到来，人终究还是不会停止对幸福的思考。

　　只不过，现在人们对女性的幸福特别感兴趣，女性的幸福问题会如何变化？换句话说，拜历史动荡所赐，今天的女性在社会条件下因生为女人而产生不便、不幸，这种现实反映在女性的内心，由此而产生的各种各样毫无价值、乏味的东西，在未来的文化中应如何得到解决？

　　我想，无论哪种解决方法，都要经历曲折的道路。但是，女性的幸福问题终究会逐步加强、扩展和完善其与社会基本情况的一部分特殊关系，总有一天，女性的幸福将被视为人类幸福的一个具体条件。目前来看，不得不说，女性的幸福总是表现为与男性有关。如果社会的时代性发生变化，女性从自身出发探求女性的幸福，男性也开始思考人类幸福的问题，他们就会掌握一个常识，即女性的幸福是人类幸福不可缺少的条件。也就是说，有一件事肯定可以预见到，那就是他们会认为女性的幸福与男性的幸福问题直接相关，而且他们将朝着提升女性幸福感的方向努力。

如今日本的社会风气中，男性并不承认女性追求幸福的条件，还企图通过这种不予承认的方式来守护男性的幸福。现在正处于这样一种可悲的危险状态。这种状态就是男性也好，女性也好，都不得不将对方的幸福看作是自身的冒险。换句话说，这是一个不成熟的、野蛮的社会，以至于一个人的合理的幸福仍然如此卑微、如此偶得。

当下，就这个意义层面来说，女性的幸福问题被频繁提起的历史原因倒也不是架空的，然而，对于幸福，我们又是如何思考或感受的呢？

在座谈会等场合，这个话题常被拿来讨论。这个时候最让人感到困惑的，是现代人竟依然将幸福视为一种有着固定模式的东西。尤其是女人，在她们内心的某个地方，被灌输了什么是幸福、什么是不幸这两种含混模糊且无法摆脱的观念。然后，她们永远对不幸保持警惕，同时又追求着连自己内心都无法辨识其本质为何物的幸福。

以固定的观念塑造并追求这种幸福，这样的生活态度暴露出人类智慧中非常落后的部分，而正常来说，这一看法很难被大众接受。因为人类从过去开始就一直在追求幸福不是吗？无论是希腊神话中金羊毛[①]的故事，还是梅特林克[②]描写的，为追求"青鸟"而踏上旅途的蒂蒂尔和米蒂尔的故事，它们所表达的难道不都是人类追求幸福的本性吗？今天的我们可能会提出抗议，说为什么如今"青鸟"的幻象从心中消失了？而那些被召集一堂、从人生的一定经验出发谈论幸福的男女，不知从何时起，他们一边在互动中玩着"幸福"的文字游戏，一边努力想让看不见的东西变得可见，然而大多数场合下都以失败收场。人们从各个角度洞察、审视和谈论幸福，这是所有人都明确接受的事实，却很少有人描绘幸福那可爱的全貌。谈论幸福的人们，多数仿佛中了观念的妖术，认为幸福总有一天会来到自己身边。其他人听见这些讨论和分析，大概会觉得为什么他们这么喜欢捣鼓这些啊！但是，若这里没有溢出幸福的光辉，他们会继续踏上寻找自身幸福的道路，尽管那幸福的所在之处更加不明朗。

人类文明越是不发达，自然界和人类社会中的事件就越受到单纯的观念的局限，这在过去的历史中十分有趣地表现了出来。例如，中世纪的人们认为地球像一个平坦的台子，其两端有地狱。在科学不发达的情况下，他们对未知世界的黑暗有着动物性的恐

---

① 金羊毛是古希腊神话中的宝贝，它不仅象征财富，还象征着冒险和不屈的意志，以及对理想和幸福的追求。

② 莫里斯·梅特林克（1862—1949），比利时诗人、剧作家、散文家，1911年获得诺贝尔文学奖，《青鸟》是其代表剧作。

惧，当下地狱这种宗教上的恐惧和动物性的恐惧融为一体时，他们将自身对地球尽头的恐惧始终看作是神圣的。伽利略观测星星，提倡地动说，但在这样的固有观念面前，他遭到了死亡威胁。今天的年轻女孩在同情伽利略的同时，也会怜悯地嘲笑当时权力的愚昧吧。

古埃及人认为人类的生命存在于呼吸和眼睛里。他们认为，若非如此，呼吸停止的时候就不会有死亡现象，当眼睛失去光亮闭上的时候，人也就不会死了。代表"生命"的象形文字和他们的眼睛很像，细长，瞳孔稳居于正中央。

众所周知，古希腊人认为生命是由运动着的元素构成的，德谟克利特[1]主张原子论。从那时到今天已经过去了一千三四百年，现在，人们发现了电，甚至了解到包括人体构成在内，宇宙万物都处在极为复杂的相互作用中，拥有千变万化的模样。人们也了解了贯穿在那些变化中的法则，不再用人的生命就在眼睛里这样质朴的固定观念来思考了。那些过去古埃及人不了解的生理知识让我们感叹于人类眼睛的精妙构造，这样的惊喜变得越来越丰富深入。而且，当我们所爱之物或是美好的事物反映在眼睛那精妙的构造中时，流淌在我们整个心灵的愉悦感觉会使眼睛更加明亮光彩，我们也因此更加清楚地意识到肉体和精神之间活跃动

---

① 德谟克利特（约前460—约前370），古希腊哲学家，原子唯物论学说的创始人，率先提出原子论，认为万物由原子构成。

人的互动。

随着人类文明的进步，物质世界和精神世界摆脱了野蛮粗暴的二元论，人们开始往现实和自然之间的动态相互关系的统一上去理解。

像幸福这种产生于人类社会生活环境的观念，随着人类精神活动的结果不断扩展，究竟会发展成什么样子呢？

在绘草纸①将天国与地狱、地狱与极乐世界视为幸福模样的时代，人们将日常现实中所有不愉快的、悲苦的事物抽象化，安上地狱的名字，将所有充满希望的事物汇集起来，看作是天国。虽然幸福的观念被固化了，但是在任何时代都存在这样一种人——他们的心思特别活络，带着讽刺的目光感受、观察着未经修饰的人生百态。比如意大利诗人薄伽丘②，他用极为现实、机智的文字讽刺、破坏了教会一直宣扬的天国与地狱的图景。这正是《十日谈》的本质。

19 世纪显著的科学进步告诉我们，关于人的幸福，应该将幸福可能实现和不可能实现的社会条件考虑在内。这一点对于将具有社会属性的人类幸福作为问题，探求现实意义上的幸福的道路来说，实在是一个划时代的发展。人类是离开社会就无法活下

---

① 江户时代出版的搭配插图的娱乐印刷品。
② 薄伽丘（1313—1375），意大利文艺复兴运动先驱，人文主义作家、诗人，代表作《十日谈》是欧洲文学史上第一部现实主义巨著。

去的生物，这种对人类生存条件的清晰理解，决定了在研究社会与个人的相互作用上，以幸福这一课题为基础的根本方向。

听到这样的观点，我们的心里难道没有浮现出别的疑问吗？如果能在社会与个人的互动中、在社会全体的进步里，明确地找到获得幸福的具体方法，那么我们为什么不尽自己所能通力协作，来尽快实现几万亿人所希望的幸福呢？

我想，就算人类拥有通往幸福的共同希望和解决问题的方向，但近来我们目睹的现代世界的状态却与之大相径庭，甚至可以说是完全相悖。即便是人类引以为傲的智慧，比起创造出玲珑无垢的幸福，似乎更多的是用于拼命制造出黑烟，火热地燃烧。

眼前的可怕景象让人胆战心惊，于是人们得出了一个结论，那就是在这样的现实中没有幸福。将这个结论进一步延展，人们有个想法占据了上风，认为在社会整体的进步中看待社会与个人的互动并在其中确立幸福，这样的思考方向与现实不符。于是，人们往往会形成一种观念：认同自己最容易把握和达成的今日的现实生活，认为一定有某种最简便的事物会成为线索。人们将幸福的问题寄托在这种观念中，很容易就此固守己见，止步不前。我们并不是要盯着世界上那些复杂变化的纹路，在理解自己交织其中的人生意义时找到说不清、道不明的乐趣去生活，而是想在某个离开了动态现象的地方感受到长久的幸福。因此，对于幸福是什么这个问题，每个人的答案其实都不一样。有的人认为幸福是只能通过个人主观感受才有的一种心境，有的人认为幸福是能够满足最低限度的衣食要求，也有人认为只有健康才是幸福。当然，还有人将宗教之心，即对神之恩典的感激之情当作幸福。

因此，人们常常认为幸福只存在于本人认为幸福的事物之中，至于幸福具体在哪里，也就不成问题了。

然而，幸福这种东西究竟以什么样的形式存在于我们的生活中？对我们而言，幸福通常作为一种感情涌现出来。有一种说法叫"幸福感"。因为幸福是一种心情上的感受，所以它并不是固定的，它穿梭在我们日常生活的各个地方，是流动的。现在我们感受到的幸福在3个小时后也可能会消失。幸福因什么而出现，又因什么而消失呢？我想，自己内在与外在的一切生活要素，来自各个角度的接触交流，每一个细微的变化，都会诱发我们的幸福感，或让幸福感溜走。众所周知，我们生活中的各要素所围绕的社会具有历史时代性，就个人条件来看，境遇、性格等都是复杂的要素。因为这些复杂的要素昼夜不停地在生活的波浪上跳动，因此，就像这永不停歇的生活的闪光一样，我们的内心深处也时常感受到幸福感。但是，按照感觉的本质，这种感受在经历了某个时刻后，大体上都会消失。

过去的日本人将这种流动的、生活感情的明暗推移视为人内心的虚幻无常。现代人则不这么看。不过，要想让幸福感这种必然会消失的感觉成为一个人生命力的一部分，成为支撑一个人生活的坚定力量，成为给其精神带来精彩的感觉，那么光是为了追求来去不定的幸福感，忙碌地四处寻找创造幸福的条件，终究是徒劳。我想这是显而易见的。

我们如果想找到被当作人类生活食粮的幸福感，就必须有一颗广阔、丰富且豪迈的心，将日常生活中不断出现又消失的幸福感本身同生活的悲苦融合在一起去感受，这实在有趣。

一颗满怀欢喜的心，一颗剧烈悲伤的心，一颗能够强烈愤怒的心，这样的内心是丰富的。这样的内心可以强烈地感受到幸福，也能坚强地承受住幸福感受损。一颗真正丰富、坚强的心，绝不会因为悲伤不是幸福的感觉就抗拒、舍弃它，而是既会在心里体味喜悦，也会体味悲伤。这样一来，自己的内心才能够理解人类生活中各种悲喜交织的趣味。

一代又一代的人们，总是在各自的时代环境中追求更加富足的生活。在这个过程中，人们或失败，或成功，了解到自己也不可避免地成为其中一员，虽然辛苦，但也体会到了无法否认的乐趣。意外的是，幸福这种东西充满活力，就像船儿顶着波涛前进，尽管艰难但也愉快。那些认为午睡小猫的模样能给人幸福的人，应该会对此感到非常惊讶吧。

我想或许正是出于上述这些理由，让那些对人生持有一定态度的人认为一定可以在某处确切地感受到幸福。现代生活是复杂的，幸福和破坏幸福的条件存在于各个方面的联系中，而且在不断变化。因此，现在的我们如果不想在现实面前屈膝，想要在现实之上建立起美好可嘉的幸福，就必须对自己所在的社会及自身有非常广泛且清晰的认识。如果不从根本上理解我们的不幸，顽强地忍耐它，并拥有克服它的气魄，我们就难以体会到幸福感，这就是我们所处的时代。即便是破坏之时，其中也包含了为人类幸福而不断做出的努力，我们需要看透一切的能力，可以看清那些努力在何处、以何种方式进行。

年轻女性阅读了大量文学作品。她们是如何阅读的？尤其当女性将幸福视作一种处于所有波澜、所有悲伤之外，被固化的情感来追求，并对此产生疑问的时候，我的心中一直有一个问题：女性到底阅读了怎样的文学作品？为什么我会提出这样的问题，是因为真正优秀的文学作品中绝不会只有故事情节，一定会描写人在某种情景下是如何生活，以及在那过程中，心灵与肉体是如何变化的。优秀的文学作品不是那种由发生在街头的巧遇引发的激情澎湃的故事，而是从人们不同性格的组合及背后的社会情况出发，描写必然会发生的情节，比如《安娜·卡列尼娜》就清晰地呈现了这些内容。

这部小说是一个彻底的悲剧。小说将安娜的不幸赤裸裸地展现在读者面前。尽管如此，我们在读这部小说时体会的感动依然是美好的，那份震撼中蕴含着令人不可思议的甘甜。这种艺术的秘密究竟是什么？为什么所有优秀的文学作品，即便是悲剧，那哀伤中也始终贯穿着一种激扬、微妙的美的感觉，令人因感动而被抚慰？

这让我想到艺术原本的属性，它来源于现实生活，但又不是现实的真实写照。艺术家拥有一种能力，他们看清现实，却不会被现实中这样那样的变化所支配，他们将这些变化看作人各种不同的生存之姿，并且在精神上统率它们。在那样的现实里，在正中间笔直挺立着的精神力量，能够在悲剧中捕捉和再现逼近人类生活真相的美，以及令人产生说不清、道不明的感动。

我想，无论是什么人，都不会拒绝《安娜·卡列尼娜》这样的书，不会因为它描写的不是幸福就不喜欢它。安娜悲惨的一生一直延续到了书的最终章。也就是说，在读完一个女人的一生，直到结束时掩卷长叹，心中又会涌出一股想要再哗啦哗啦翻一遍的冲动。安娜留下的悲剧中闪耀着的美的感觉，同我们惯常称为幸福的感觉性质相通。如果不能感知到这一点，真是非常遗憾的事。

这也就是为什么文学作品不能只读情节。只有文学中的优秀作品，才能以其自身的生命力向我们展示什么是最高形式的幸福。这样的作品即便是悲剧，感动之中依然蕴含着美和慰藉。在人类生活的某些场合下，即使低级形态的幸福的外在被破坏了，在那个过程中，当一个人的精神可以明确支配生活的意义时，其中也有可能跃动着一种足以称为美的幸福感。

幸福感的高级形态与自我的满足感不同，这也是一个有趣的事实。倒不如说，拥有共通的美感的事物中包含着无数暗示。想必现在有不少年轻女性认为美必然是固定的、静态的。如果日本女性在理解美的动态、对照、失调与统一的时候，无法用生动活泼、积极向上的美的感觉来捕捉幸福这个词语，那么她们的生活该是多不成熟啊。

1940 年 8 月

　　要说我们平日里最想要的是什么，我想应该是幸福吧。

　　各位都还很年轻，只要还活着，每天都可以在某处寻找希望。虽然也会在家里谈论吃什么这种琐碎的事情，但终究还是想要幸福地生活、幸福地工作，这样过完自己的一生。我想，各位都有这样的想法吧。一直以来，我也有这个愿望。

　　人类这种生物，从过去开始就一直在谈论如何追求幸福、要用什么样的方式来生存，那么现在的我们为了能够幸福地生活，为了未来能够幸福地生活，将会面临什么样的问题呢？我想简单聊一聊这个话题。

　　正如大家所知，社会并不是一开始就呈现出现在这个样子的。极度野蛮的时代存在了很久，从那种野蛮时代开始，人类就在思考幸福。只不过没有"幸福"这个词来定义他们的思考。说到要如何生活，出于想要尽可能地便利、尽可能活得好的目的，为了这些无法通过语言表达的希望，人类发明了许多东西，之后社会逐渐发达起来。

希腊神话中有一则是关于普罗米修斯的。这是火种起源的故事。一个叫作普罗米修斯的年轻人认为人类的生活需要火，于是从天神那里盗走了火种。人类得到火种，这对人类社会的发展而言，应该是一个重大的历史事件，但在希腊神话中，却将此描绘成普罗米修斯盗来了火种的故事。

普罗米修斯的故事不仅引起了我们的兴趣，一直以来，它也是众多艺术作品的创作素材。

但它终究不过是一个传说。实际上，人类是发现了树枝在风中产生摩擦就会生火，火苗烧到树叶上，又逐渐融入了人的生活。至此，人们开始知道要将过去生吃的食物烤熟、煮熟后再吃。

人类在最开始追求幸福的时候是与自然抗争，为了更好地生存而不断努力。在下一个阶段，随着生活方式的改变，权力的存在成了一种阻碍，于是人们与权力的斗争不可避免地发生了。

此外，希腊神话中还有这样一则故事：潘多拉的魔盒。我想大家应该都知道吧。宙斯创造了一位名为潘多拉的女性，把她从神的世界送往人间，让她成为巨人埃庇米修斯的妻子。彼时，宙斯送给潘多拉一个盒子，说："虽然你要去人间了，但这个盒子里装了很多好东西。如果一不小心打开它的话，情况会变得很糟糕，所以无论遇到什么都绝不能打开它。"可是，潘多拉是个女人，有很强的好奇心。她想知道这个盒子里到底装了些什么，最终还是打开了盒子。于是，盒子里开始源源不断地溢出幸福、欢笑，还有游乐活动等人类才拥有的快乐，潘多拉大吃一惊，迅速盖上了盒子。那样一来，最后仍留在盒子里的，就是"希望"了。就这样，潘多拉独独丢失了"希望"。另一方面，也有说法称即使人类失去了所有东西，最后仍未失去希望。此后，人类遭遇各种不幸，认为其源头就是潘多拉在打开盒子的时候，同时将许多疾病、悲伤从盒子中释放了出来。这就是潘多拉的故事。

然后，社会经历了漫长的发展，到了书写《圣经》的时代。在那个时代，有了亚当和夏娃的故事。

据《圣经》记载，亚当和夏娃被创造了出来。他们因为吃了禁忌之果，惹得天神大怒，将他们赶出了伊甸园。

此后，人类开始认为某个地方应该存在一片乐园。在那里，人人平等，鲜花盛开，人情温暖，生活美好，一切都非常美丽且愉快。那个乐园就是伊甸园，这也是《圣经》的基础。说是失去那个乐园，就等于人类失去幸福。只不过，如果将这片天上的乐园当作幸福的象征来思考，会面临许多问题。为什么这么说呢，因为乐园的根本条件在于人类平等。所有人即便不为他人而工作，也能活得像个人，我认为只有具备这种条件的地方才能称为乐园。因此，我们能知晓的是，在谈及乐园的时候，人类社会已经相当进步了，那个时期，世上已经存在奴隶劳动的现象。被他人强制劳动，不带任何喜悦地生存，这样的人有很多，并且已经形成了一个社会阶层。在他们之上的极少数人自己不工作，过着怠惰、享乐的生活。于是，出于天神之下人人平等的观念，那些痛苦劳动着的人们，自然而然地将自己追求人的权利的想法当作乐园的第一条件。

后来，社会进一步发展，来到了中世纪的骑士道时代。说到骑士道，那是一种贯彻了对女人十分亲切、抑强扶弱精神的道德。各位想必也渴望得到像那样亲切温柔的对待吧。

关于骑士道，有一个有趣的故事。当然，这也是一个传说。

过去，曾有一位著名的、十分英勇的优秀骑士。某日，这位骑士在森林中走着，巨人出现了，他问骑士："这个世界上，女人最想要的东西是什么？"

骑士和很多人战斗过、交手过，也直面过许多可怕的武器，但唯独对这个问题感到十分困惑。女人在这个世界上最想要的东西是什么呢，他一边思考一边在森林中继续走着。是格外英俊潇洒的丈夫，还是非常有钱的丈夫？是人性纯洁美好的人吗？骑士怎么也想不明白。他走在森林里，想啊想啊，这时候，从树荫处走出来一个穿着大红色衣服的女人。她问道："喂，你平时明明英勇非凡、好不神气，为何现在如此沮丧？"于是，骑士坦言自己因为巨人出的问题而感到困惑，那女人说："女人想要的是什么，男人确实有些难以理解。但看在你如此正直诚实的分上，我就告诉你吧。女人在这个世界上最想要的是独立。"期限来临，骑士将这个答案告诉了巨人，巨人十分震惊，他说："男性应该不会知道这个。这是最根本的问题，男人应该不会理解女人追求的是独立。肯定是别人告诉你的。"骑士是一个诚实的人，他将红衣女人的事情告诉了巨人。那个女人正是巨人的妹妹。

现在听来，我们也会觉得这是个有趣的故事，但那可是13世纪左右，距今800年前出现的故事。

我们可以看到，贤明的男人知道女人最想追求的是独立，并且十分了解一种倾向，那就是女人将自身无法表现出来的、现在所追求的东西到底是什么的问题，当作是必须独自面对的问题，她们并不具备将这个问题明确诉诸社会，以实际行动来解决它的能力。

过去，男性群体中有一些具备敏锐洞察力的人，他们能够充分理解这个故事。同时，虽然当下会说到言论自由、男女平等，可是日本各地依然有许多人像巨人说的那样，一看便知其并不理解女性真正寻求的是独立。

最近，戏剧《玩偶之家》正在上演。主人公娜拉因不满过去被丈夫当作玩偶一样来对待，无论如何也要从这玩偶般的生活中逃离出来，于是她便选择了离家出走。娜拉的困境中仍存在的问题，是离开家之后她要过什么样的生活。

可是，我想现在看过这部戏剧的人们，并不会将娜拉的问题看成是自己的问题，而是作为一种对历史的回顾，仅仅将其视为某个时代背景下的个例，认为这是女性需要解决的特定问题。

因此，这部戏剧——前段时间我也看过——上演的意义，比起向未来抛出课题，更在于我们必须把解决今日各种现实问题而获得幸福的关键——娜拉孑然一身从家中出走，我们能闯出去就闯出去，不能闯出去就不闯——也就是让幸福成真的钥匙牢牢把握住。我在看这部戏剧的时候，清晰地感受到了这一点。而且，我想这在观众眼里，可能会被理解为是不同时代背景下的娜拉的问题。大家肯定不会觉得这是我们今天所面临的困境。

娜拉那样做了。但是，我们的想法是这样的。现在在看这部戏剧的时候，我认为人们会想到一件事，那就是我们的生活中存在着使自己变幸福的钥匙，而这是娜拉的生活所不具备的。

只不过，现在我们的生活实在是不轻松。很大程度上，我们必须思考自我，研究如何实现幸福。对幸福有明确的定义以及去实现幸福，是人类独有的一种能力。从这点出发，让我们来好好看看现在存在于我们生活中的问题。

例如，像通货膨胀这种现象就是战争导致的结果。因为毫无上限地持续支出军事预算，导致货币贬值，物品和货币之间失去了平衡，物价高涨至 25 倍。虽说物价上涨之后月薪也上涨了，但没有人拿到过以往 25 倍的月薪。如此一来，现在又从通货膨胀变成了延期偿付①。正如濒死的病人体温越来越低，脉搏越来越弱，希望逐渐渺茫，于是医生宣告请给亲属打电报一样，现在日本的经济状况就是如此。只靠财产税，情况会越来越糟糕，必须采取手段进行处理。因此，就有了停止支付的延期偿付，我们拿到了像小块膏药一样的东西，把它贴在 10 日元纸币上走在路上。这么一张小小的验讫标签，这么一张印刷粗劣、像小块膏药一样的验讫标签，随便贴在了今日如同无力回天的病人一般的经济状态上，像是掩饰一般贴好，随身带着到处走。然而，从延期偿付开始，不知道看过报纸新闻的各位做何感想。最高 500 日元的月薪，户主拿到 300 日元当作一个月的生活费，剩下的按家族人数均分，一个人 100 日元，如果家中有五口人，一个月的生活费就要 700 日元，再加上月薪 500 日元，合计每个月拿到 1200 日元，比以往的生活好多了，可以过得很轻松——报纸上是这样写的。我实在是个愚钝不敏感的人，对此还感到十分高兴。可之后仔细思考，我想不明白这 700 日元的生活费要从何而来，政府不会掏这笔钱，那就是从大家的积蓄中出了。我完全是空欢喜了一场。

虽说政府一定认为如果不采取延期偿付的措施，日本的经济就会崩溃，但从我们通常的经济情况来看，每个人的家庭都耗

---

① 碰到经济恐慌等情况，国家允许在一定时期内延长履行债务的时间。——编者注

费了相当多的积蓄。

像是各种各样的火灾保险、战时保险，还有退休金，大部分都消耗殆尽了。另外，我们一般也没有几万日元可以自由支配。

根据延期偿付的规定，以五人家庭为准，生活规格是500日元。要说为什么五人家庭会有这样的标准，因为日本一户人家的孩子数量虽然平均数字每年都在增长，但其实各个家庭有多有少，所以干脆以3个孩子为准，一家共五口人，就规定用500日元生活。其余的钱都被封存了，但是，那些只有祖父、祖母两个人组成的家庭，他们要靠什么生活下去呢？或许会有人说，因为本来就没有给祖父母一辈准备生活资金。可是，500日元的生活规格，两个人绰绰有余。祖父、祖母要如何生存下去？让政府决定大家能够生存下去的生活金额，这也太可笑了。[1]

此外，伴随延期偿付而来的是各种各样的限制。政府宣布，

---

[1] 随着日本二战投降，由于物资短缺造成的高物价和战时金融管制的取消，日本市民为确保持有现金而大规模集中取款，各方面因素导致流通货币数量暴涨，通货膨胀剧烈。为了限制市民的现金存有量，政府强制要求市民将过去的旧日元纸币存入银行。1946年2月16日，政府紧急出台了以《金融紧急措施令》和《日本银行券预入令》为主的通货膨胀综合应对措施，名为"新日元转换"。为了准备"新日元转换"，当时政府组织将流通中的银行券手工贴上验讫标签。因为与旧银行券兑换需要制造大量新日元纸币，但时间上来不及，就临时以贴标签的旧券作为新日元纸币来使用。标签一般贴在纸币的右上部，相关机构不仅会发给市民贴好标签的纸币，也会把标签直接发放给市民。另一方面，自1946年3月3日起，5日元以上的旧纸币停止市场流通，政府又颁布了限制每户人家的取款额为500日元以内等金融政策。当时甚至出现了"500日元生活"的流行语。这些措施和抑制通货膨胀的对策，目的是制定、实行《财产税法》，掌握市民资产情况并扣押其资产。——编者注

女性的月薪是男性的1/3，为200日元。这样一来，女性要以男性1/3的月薪生存下去，但是又没有专门针对女性的物价。国营电车的票价已经是原先的3倍了，但由于我们是女性，只能付这么多——即便这么说，也是行不通的。

加之还在过学生生活的人只能拿到150日元。这150日元要是用来外食的话，就无法支付学费了。过去，人们一直认为学生的生活和已工作的社会人的生活相差甚远，但现在社会人的生活问题和学生的生活问题也紧密地结合在一起了。另外，家庭主妇的生活、厨房的食粮问题，直接与在外工作的男性的生活问题挂钩了。

谈到今天的社会问题，不能说"因为我是这种立场，所以不知道这样的事情"，"我自己过得挺轻松，所以那种事情怎么样都无所谓"。

如果按照前面的思路来思考这次的宪法草案，就会明白它与我们有着格外重大的关系。

宪法绝不是刻在大理石上，像是某种纪念物一样埋在土里的东西。宪法写在活着的我们的皮肤上，是同我们生息与共的东西。因此，必须用我们现在的日常生活来比照宪法，充分理解它，并将其日常化，在此过程中，将其视为人们以此生活下去的事物。

社会是人类制造出来的，为了生存而存在的产物。人类为了生存下去，渴求公平，祈愿社会解放，这是人类的权利。如果从这种观点出发审视宪法草案，那么过去的日本宪法正如各位所知，实在非常糟糕，那不是宪法，只是一篇文章。所以，人们会认为现在的宪法草案终于开始有了宪法该有的样子，因为它规定人人平等、国民拥有劳动权利等等。

人人平等，说到这个，大家肯定会有所思考吧。这段时间里发生的各种事情，想必各位也了解。即使女性出人头地了，但还是有选举问题和妇女问题，而且在刑法、民法中依然存在男女之别。妇女没有公民权，即便她们成为国会议员，推行各种良策，在多方发挥作用，她们也不会被认为真正有能力在地方上开展工作。因此，尽管这次女性像男性一样成了国会议员，但仅凭此，绝非"男女平等"。平等、平等，这可不是文字上的游戏。

虽然宪法中提及了"平等"，但是现实中，如果在同样的工作岗位上工作量相同的劳动者不能拿到同样的薪酬，就谈不上平等。因此，劳动最为根本的问题就在于此，而这一点在宪法中并未明确。

此外，宪法中明文规定人拥有工作的权利，这意味着女性和男性拥有同样的权利，必须在同样的条件下工作。但是，女性有一个特性——会成为母亲，因此必须保护母亲的权利。而且，当劳动者年龄越来越大，无法工作的时候，社会也必须保障他们的权利。

其实，在拥有劳动权利相关的内容中，只有满足了以上这些条件才算真正确立，但是那部宪法里一点都没有提及。因此，就表面的文章来看，虽然提到了人人平等，看起来有了极大的进步，但我们都知道，那部宪法仍然非常不完善。所以，我们必须更加深入地研究，将我们真正的代表者送进议会，去形成一部更加完善、更加具体并具有实际效力的宪法。[①]

或许有人会想，我明明是个作家，却在谈论政治，这太奇怪了。但即便只是一名作家，我也不能袖手旁观，说政治就是政治家的事。各位也有自己的专业，但要是定量供应的鱼、蔬菜和大米减少了，应该不会有人说因为这不是自己的专业领域，就对此毫不关心吧。

因为我是一个作家，所以面对像是纸的问题时，感受非常深切。我们做书，是带着尽可能将有所助益的书做得价格便宜、好看这一理念在做的，但现在，说到纸张出现了什么样的情况，那就是全都实行了定量供应。然而，有人却在大量囤积纸张。最近，街头巷尾出现了大量书籍，要说卖这些书的书店到底是什么样的书店，那都是和军队有关系的，在战后的混乱世道中侵吞了大量纸张的人经营的书店。

所以，从公平角度而言，出书这种事情也不是谁都可以做的。

---

① 1946 年 2 月 12 日，由美国驻日盟军总司令麦克阿瑟起草日本新宪法草案，经过一系列修改程序，日本新宪法于 1946 年 11 月 3 日公布，1947 年 5 月 3 日正式实行。——编者注

正如即使推行延期偿付，未临困境的人依旧活得潇洒一样。

说到政治，人们普遍认为政治就是各个政党装作在讨论什么似的开会演说，但其实不是这样的。是我们的日常生活中存在问题，而解决这些问题的就是政治。

我想为了社会做出便宜的书，而不是为了自己赚得盆满钵满才做。必须善待印刷的员工，因为各种缘由，纸很紧缺。再加上以法定薪资也很难做出书来。若是无论如何都要做，就变成只能做出高价书了。这种文化上的事情看似与政治一点关系都没有，但其实它已经明明白白地和现在社会的经济问题、政治问题紧密关联在了一起。

今天各位来到这里，恐怕也不是为了听这种政治话题的，而是想来看电影，也想再稍微听听与文化有关的事情。我想大家都是抱着这种心情而来的。我们对文化寄予的希望，在今天这个破败的社会中无法得到满足。因此，说到如何解决这样的问题，我们就得这么做：屋顶漏雨了，着急忙慌地拿水桶来接水，然后，到了天气好的时候，靠自己的双手将铁皮盖在屋顶上。像这样，必须靠自身的力量来开拓道路。

我深切地体会到，大家必须齐心协力、开拓进取，让工作、生活，让人类的价值变得更加美好，在世间绽放。

虽然我们生为女性，但并不想活在男性的威胁中。我们要舒展自在地生活，必须不惧怕任何人，依靠自己的力量生活下去。因此，在座的各位，刚才杂七杂八给大家讲了那么多，如果各位希望幸福地生活，如果幸福的希望这朵花蕾还未绽放，那么就应该让它在暖阳的照耀下美丽、自豪地盛开，用非常聪明、切实的，怎么说呢，就是女性拥有的踏实的步调，将日常生活和政治明确地结合起来去解决问题。这样的生活态度才是真正的文化生活，我希望大家能充分理解这一点。

1946 年 5 月

人 类 的 婚 姻
—— 婚 姻 的 道 德

现今我们对婚姻和家庭所抱有的极其复杂的感情及问题，其本质到底是什么？简而言之，我认为所有问题的本质在于第一次世界大战后的 25 年间，世界上大多数国家的女性都逐渐开始站在与男性相同的角度，来理解婚姻和家庭的问题。过去，从来没有男性认为男人一生的天职就是结婚、组建家庭、成为孩子们的父亲。也没有男性接受这样的教育。就连最粗鄙的父母，也会教育儿子要做"对社会有用的人"，并期待他作为男人，可以以某种形式超越父辈的发展，取得更高的成就。这种情况下，拥有好妻子、好孩子，是人们希望在男人一生中自然发生的事情。除了那些十分卑鄙的、为了滋养自己而利用妻子、父母的财富和地位的人之外，婚姻和家庭一直被看作活跃在社会上的男人生活的一环。

当下，在略有思想的年轻女性心中，不知从何时起，婚姻和家庭已经不是她们人生的出路。正如那些要成为她们丈夫的男青年所感觉到的，对她们而言，婚姻和家庭也已经成为她们作为女性的社会生活里的其中一面。即便婚姻和家庭只在她们的人生中占据了八成分量，她们也会毫不迟疑地结婚、组建家庭、成为母亲，然后在这些人生经验中成熟起来，以成熟女性的人格想要对社会做出贡献。这是女性社会意识当然且自然的发展。为了这当然且自然的发展，现在所有未婚和已婚的、脚踏实地认真生活的女性，在日常中却感受到说不尽的复杂又广泛的问题。这是为什么呢？

当人类过着最原始的群居生活时，恋爱和婚姻有着什么样的伦理，家庭习俗的观念又是什么样的？在男人和女人都披着兽皮或树叶，用极其简短的零散语句传递信息，过着穴居生活的时代，原始人类以视力绝佳的眼睛看到的地平线就是他们所认识的全部世界。在人类尚未理解、征服的自然中，存在各种各样可怕的、美丽的且难以战胜的力量，暴风雨、冰雹、彩虹都被视为神灵现身，就连人类用来取暖、烤兽肉的火，也因熊熊燃烧时可以把人烧死而被当作神明。甚至连水中也同样有神明和魔力。那样安静地流淌着，用手掬起就能饮用的清甜可口的水，如果从天上源源不竭地降下，偶尔也会使他们的地窖坍塌，让他们无法出去打猎，不得不因此而挨饿。自然的创造力流淌在未开化的黑暗角落，对于惊叹并崇拜着这种丰富创造力的原始人而言，他们已经有了性别之分，会因为难以压抑的结合的欲望而发狂。当这种狂躁期过去，在之后的某个时间，女人的身体将变得像果实一样浑圆，接着会出现一个和大人一模一样的小人儿，而这种神秘的现象，让他们感到前所未有的惊奇。他们像崇拜太阳和月亮一样，崇拜着支配人类的性的力量。生殖器崇拜，作为原始社会的一种普遍信仰，是我们的祖先惊叹于创造人类的自然力量而产生的率真的情感表现。

在那个时代，男女仅仅在生物本能上遵循着自然之道。就像山中野兽因自然而发的魅力找到异性并被其吸引，人类社会亦有代表雌性的女人和代表雄性的男人。由于那时的人类没有确立近代意义上的家族关系，所以也忽视了相互之间亲属的纵横关系。换言之，母亲、姐姐、妹妹的关系并不明了，她们只是年龄不同的女性。对这些女性而言，父亲、哥哥、弟弟也只是年龄不同的男性。人类的这种原始性关系，其存在的时间似乎远比我们想象的要长得多。在这样的关系中，根本不存在性格、气质的问题。因为人类本身还没有分化发展到拥有自己性格的程度。

众所周知，随后出现的是母系时代。接下来，人类社会的生产方式逐渐发展，奴隶出现了，随着财产概念的出现，由男性提供和守护财产的父系制度建立起来了。像近来的日本一样，在残留着强烈封建影响的国家，父权以悲剧性的威力统治着一个家庭。伴随父权的发展，人们开始重视家系，仅仅为了维护家系的利益和体面，使同族的女性不知做出了多少牺牲。这样的事情在日本武家政权统治时代的悲惨故事中随处可见。在欧洲，西班牙和罗马的贵族往往将家族名誉与财产问题捆绑在一起，并且极其重视，至于这造成了什么样的悲剧，即便只看《罗密欧与朱丽叶》这一部作品也能充分了解。司汤达写下的可怕故事《卡斯特罗修道院女院长》，结局就是罗马贵族家庭的悲剧。司汤达的另一部作品《帕利亚诺公爵夫人》是一个凄美的浪漫故事，他描写了发生在 16 世纪意大利教皇统治域内的一场悲剧。这些发生在中世纪的充满激情的悲剧故事，正是在当时的绝对父权，即天主、父亲、丈夫的权力下，不得不像遵从神一样听从他们的西班牙和意大利女性的心中，"人性"开始觉醒的证明。对于她们的丈夫，即教会和父权赋予她们的现世的主人，尽管她们如被严格教导的那样立下贞洁的誓言，但她们已不仅仅是单纯的雌性动物，而是人类女性，她们也会吟唱彼特拉克①的诗句。她们不再压抑自己对除丈夫以外的其他男性的好感，就连这人生中的不幸，也把它当作幸福的瞬间。近松门左卫门在他洋溢着充沛情感的净琉璃作品中，讴歌了日本德川时代背负着社会枷锁的男女殉情的爱情悲剧。对于那些仅通过《卡门》了解西班牙的人，以及自认为从但

---

① 弗朗切斯科·彼特拉克（1304—1374），意大利学者、诗人、人文主义者，被誉为"文艺复兴之父"，与但丁、薄伽丘并称"文艺复兴三颗巨星"。

丁和比阿特丽斯①的故事中就触及了意大利神髓的人来说，必然会从心底感到惊讶吧。他们不会想到在这些国家中，不幸的爱人们因对自身幸福的渴望，竟流了那么多鲜血。在这种情况下，婚姻、家庭，甚至女人成为母亲，人们都认为是天主安排的"命运"。如果一名年轻女性自发的选择、爱的欢喜、成为母亲的喜悦等，恰好和"家族"需求相匹配，她一定会对这种"意外"感到不寒而栗吧。

封建社会逐渐向近代的资本主义社会发展。面对新的社会能量，过去在经济活动和政治生活中拥有绝对权力的僧侣、贵族、一家一门的领袖，他们的权威和采取的做法都成了这个新生时代的沉重负担，并逐渐变成了发展的绊脚石。资产阶级以近代历史推手的身份出现，他们否认王权，确立了市民（资产阶级）的权利，同时以路德派②为首，否定了在教皇统率下形成的作为经济、政治专制势力支柱的天主教结构。随后，他们组建了新教，主张每位市民心中皆有上帝，认为不应为权力牺牲每个市民家庭的尊严。同时，他们支持两性出于纯洁爱情而做出的相互选择，并提出婚姻是上帝恩赐的结合形式。

尽管说着"神圣的婚姻""纯洁的家庭"，可在现实中，

---

① 但丁心目中的理想女性，《神曲》和《新生》中皆有描绘。

② 新教主要教派之一，以马丁·路德的宗教思想为依据，在教义上强调因信称义，认为人是凭信心蒙恩得以称义，不在于遵守教会的规条和人的功德、善行。

资本主义社会里残酷的利害关系、有产阶级和无产阶级之间的关系，会形成什么样的矛盾？关于这一点，我们可以从夏目漱石以其深厚的知识和研究所叙述的英国18世纪文学史中充分了解。英国是世界上最早进行工业革命、确立市民权利的国家，成为新教的发源地。因此，这种神圣的婚姻、纯洁的家庭的生活观念在英国尤为流行，甚至已经上升到了偏见。在大多数情况下，这种"神圣的婚姻"都是基于男女双方的算计而做出的选择，有时候教会还用"神圣的婚礼"来祝福"买来的新娘"。英国著名讽刺画家贺加斯在他的画作中犀利地展示出了这些内容。看看简·奥斯汀的作品就能明白，英国的中产阶级家庭为了实现这既有面子又有里子的"门当户对的婚姻"，暗中不知闹出了多少荒唐事。在她写的《傲慢与偏见》中，就连像她一样的、所谓的正儿八经的"淑女"，在面对因"门当户对的婚姻"而产生的纠葛时，也会感到讽刺和怜悯。此外，英国最杰出的小说家之一萨克雷在他的杰作《名利场》中，描写了一个手腕高明的美丽女人。她为了过上奢华的生活、攀上高枝，不惜背弃友谊和信义，自私利己，不择手段。哪怕家庭是纯洁的，社会也根本不具备任何保全家庭纯洁的条件。奥若什科娃的《玛尔塔》中的女主角，其悲惨的一生生动地诠释了这一点。不仅如此，几乎所有的近代文学都从近代神圣的婚姻和纯洁的家庭生活的对立面切入，这是为什么呢？

关于婚姻、家庭和女性，近代出现了两种思潮，其中之一是承认所谓的"神圣的婚姻""纯洁的家庭",同时反抗资本主义社会现实带来的丑恶和伪善,倾向于以浪漫主义视角来思考两性问题。可能有人听过这个说法:人类诞生之初,男女并未分开,后来某个时候,男人和女人不得不分别诞生到世界上。这就是为什么无论男人还是女人,都想要追求完美的爱情,为此陷入漫无目的的彷徨和悲惨的宿命,因为他们想要找到自己真正的另一半。

相较于这样的浪漫主义,现代精神的特点——追求现实的能力及探索精神,凭借着惊人的热情和执着,揭下了恋爱、婚姻、家庭的"神圣"假面。《一生》几乎可以说是莫泊桑的唯一杰作。读过这部作品的人想必都会感到震惊,因为即便在过去宣扬骑士精神、赞颂优雅情感的法国,"女人的一生"也和日本无数女性的一生没有什么两样。托尔斯泰在《家庭的幸福》和其他作品中,将猛烈的自我批判融入了对婚姻生活的无目的性和生物性本质的描写。《战争与和平》中有个性、敏感可爱的娜塔莎在当时(19世纪)俄国上流阶层的纷争中经历了几段恋爱,最后成为皮埃尔的妻子。她逐渐变得迟钝,身材发福,一个接一个地生孩子,她不再唱歌,也停止了思考,成了囿于客厅和儿童房的人。托尔斯泰将娜塔莎的变化过程描写得多么生动鲜活啊。安娜·卡列尼娜在伪善的上流社会婚姻束缚和上流女性无所事事的生活中,试图将生存的意义寄托在对佛伦斯基的热情上,然而后者缺乏足够的人性力量来接受安娜丰富的生命力和可能性,最终使得安娜幻想破灭，走向死亡。托尔斯泰绝非单纯地将这一过程写成一个妻子爱上了丈夫以外的男人的悲剧。他更加深刻、强烈地描写了婚姻的内在，即没有爱的、冷酷的伪善社会，以及不知道该投向何处的、渴望激烈爱情的悲剧。当托尔斯泰在自身贵族地主的生活环境中，认真审视婚姻和家庭生活的现实本质时，站在人道主义立场的他当然会对此抱有怀疑。一对男女不为人类社会发展做任何努力，整日纠缠在一起，懒散安逸地做些琐碎家务，在有一搭没一搭的性生活中浑浑噩噩度日。对于这样的状态，托尔斯泰深恶痛绝，视其为一种堕落。此外，他认为如果有真正认真的婚姻生活，绝不是如现在常识中大家所习惯的那样，夫妻间的性生活也应有所不同，应该是明确想要孩子，并且做好了对孩子负责的心理准备而发生的行为。

拥有托尔斯泰这种宗教式想法和奉行自然主义的人们，或20世纪初期的某种唯物论者，如英国作家萧伯纳等，他们彻底揭开了恋爱、婚姻、家庭生活的附着之物的面纱，仅从生物学角度进行阐释。这些观点的核心在于，无论是恋爱还是婚姻，这些披着浪漫主义外衣的人类活动，说到底不过是遵从了保存人类物种这一自然目的而已。古往今来，女性一直是"生之力量"的盲目执行者，被男性以自然的目的直接捕获。他们认为真正自由的人类所拥有的大部分创造力，都浪费在了灵巧、天真，同时又充满诡计本能的女性身上，还有她们经营的家庭和儿童房中。1903

年萧伯纳写的《人与超人》就是建立在这种思想上的。在日本，早期的田山花袋 [1]、德田秋声 [2] 等自然主义作家也发现，两性复杂关系的根本不过是赤裸裸的生物本能。

唯物论者对于资本主义社会现实给予两性关系的所有伪善，以及对于恋爱和婚姻"神圣"论的打击并不是毫无意义的。恋爱和婚姻问题在形成论战的时代，终于从小说、诗歌和传说的框架中跳脱出来，开始成为社会科学的研究对象。与此同时，女性群体也自我觉醒，她们意识到对女性的社会立场进行省察及客观研究的必要性。这形成了一种导向，也就是女性自己掌控方向，改变"女性的一生"，使其成为一种更具人性、更有价值的人生。资产阶级妇女解放运动就是这样在 18 世纪末的欧洲兴起的。

在日本，两性问题一直遭受着不幸的对待。浓重的封建性已经渗透到社会生活的方方面面，正如今天大多数人在惊诧中所了解到的那样，就连民法也对女性有着令人震惊的差别对待。可见,社会现实的发展方式和民法的这些内容之间有着多大的落差。尽管现在已经修改了民法，删除了对女性差别对待的内容，但它仍然落后于社会的实际形势和日常生活中的现实。现在修改的这部民法如果在明治三十年代（1897—1906）初期，日本还处于

---

[1] 田山花袋（1872—1930），日本私小说创始人，自然主义代表作家。
[2] 德田秋声（1872—1943），日本近代文学代表人物，自然主义代表作家，尾崎红叶门生，他的长篇小说《缩影》被誉为现代日本文学的一个高峰。——编者注

向资本主义全盛期迈进的时代，福泽谕吉[①]强力主张资本主义民法时就进行修改的话，那么在现实社会生活中，女性多少会得到一些实际的帮助。婚姻自由，男女平等的财产权、平等的亲权[②]等现在才修正的项目已为时过晚，就过去的民法来看，这些等同于妇女解放运动的时机。如今，漫长而可怕的战争结束之后，有那么多寡妇、流浪儿，国家甚至无法保证让他们过上常人的生活，放任他们在充斥着可怕的通货膨胀的街头流浪，这时谈论平等的亲权还有什么意义呢？男女平等的财产权的基础是拥有财产，可人民的财产在哪里？如果民法中新规定的女性的社会性平等、对等的人权之类的权利要落到实处，那么在现在的社会中，仅仅修改民法条例毫无意义。男女必须依靠勤劳的工作生活，在所有与劳动有关的法律中必须实现男女平等，而且要从女性立场出发保护孕产妇。因此，工会在提出的劳动条件要求中反复倡导的男女平等和孕产妇保护，正是反映了这一深刻现实情况的真实声音。这个要求不仅直接关乎职场中的女性，也是与劳动者的妻子、母亲、女儿等所有人有关的问题，同婚姻和家庭息息相关。这是因为，现在修改的这部新民法作为一部资本主义民法，如果要切实帮助普通女性，必须以实际改善劳动条件来证明，否则它最终将

---

① 福泽谕吉（1835—1901），日本近代著名启蒙思想家，明治时代杰出的教育家，日本著名私立大学庆应义塾大学的创立者。

② 父母监管、教育子女的权利。

沦为一种欺骗。

我们现在的生活不仅处于破坏与建设中，有着无法言说的混乱，同时还处于非常复杂的推进民主的道路上。看看宪法，也能发现在新的"民主宪法"里存在着不可思议的矛盾。在这部所谓主权在民的宪法中，天皇本身就是一种全然特殊的规定，这是日本封建的残余，在传统中如同巨龙之尾留存了下来。而隐藏在巨龙尾鳞下蠢蠢欲动的，是现在仍能毁掉这个国家的军阀残余和反动势力。

最近，作家坂口安吾[1]的作品受到追捧，他在其颇具人气的无赖派文学中提及了反抗封建的理论。对于伪善、形式主义、只关注他人看法的日本封建社会习俗，这位作家高呼："勇敢地堕落吧！"意思是要打破各种失去了热情的道义观念，撕开那些漂亮话的面子，展现出人类濒临极限的一面。此外，他认为肉体经验，尤其性经验是唯一可以信赖的人性，并以此作为真实存在感的基点。

的确，无论是过去还是现在，日本的两性生活都处于不自然的状态。没有被不必要的顾虑、无用的门面、贫瘠的常识所毒害，没有诡计、猜忌和企图的恋爱、婚姻几乎很少见。要不然就是由住房问题引起的通胀，使得所有年轻的爱情都没有结果。这

---

[1] 坂口安吾（1906—1955），日本小说家、评论家、随笔家，日本战后无赖派代表作家之一，主要作品有《风博士》《堕落论》《白痴》等。

样的社会光景，使所有想要好好生活的男女在精神上感到痛苦，亦使他们因无法实现的爱情而苦闷。这个时候，爆炸性的一声"堕落吧！"勾起了许多人的好奇心。

但是，对我们人性的真实感仅存于性经验中的观点，我想提出一个十分单纯的问题。如果像坂口安吾所说的，只有在性关系中才能触碰到真实的人性，那么他为什么要用这么多笔墨，将这一观点以小说的方式呈现出来呢？这个问题虽然简单，却很有深意。因为正如本文开头所说的，我们的祖先，那些男女已觉察到生命的巅峰就在完全生物性的男女交合中。但是，这些仅具备生物性的人不会写小说。吃饱喝足之后满足的叫声是一种歌唱，在雌性周围徘徊、上蹿下跳是一种舞蹈，最后是他们生活的核心，即性的庆典。他们在实际的性行为中真实地存在。虽然坂口安吾认为，只有那样唯热衷于性生活的人才能体会到人性的真实存在，但倾注不输于这种经验的热情，或是几倍于性行为的精力，一定要通过姑且称为文学作品的形式表达出来，其必然性又在何处呢？

对于这明显的矛盾，作家本人从未做过说明。不过，即使作家无法回答，我们这些第三者也可以回答。这是因为我们人类已经不是穴居人了。无论是好是坏，事实上，人类社会历史经过数千年发展，人类这种生物已经发展出了其他生物所不具备的复杂且综合的生活机能。著名的生理学家巴甫洛夫 [1] 用狗进行了人类生理反射机能的实验，"条件反射"这一重大发现增加了对人类生物性的理解。巴甫洛夫通过狗的实验，发现人和狗一样会对一定的条件做出特定的生理反应。这是生理学的一次革命。巴甫洛夫已逝世多年。现在，巴甫洛夫伟大发现的继承者们已经证明，在人类这种生物发展的独特机能中，在巴甫洛夫发现的与狗同等的一阶系统（first-order system）之外，还存在着更为深刻、微妙地影响人类生活的二阶系统（second-order system）。实验中，狗已经养成了习惯，无论拿着狗粮来的人是谁，它在固定时间看到狗粮就会产生反应，分泌胃液。人类也有食欲，想吃的时候看到食物也会产生反应，口腔里会变得潮湿。尽管如此，我们不能忽略的一点是，狗绝对没有"这是畜牲的食物"的情感。狗不会因为投食方法而产生绝对不吃的屈辱感和愤怒感。人是叫作人类的生物，我们不会对扔在地上的任何食物都吃得狼吞虎咽。只有人因为在社会生活的发展中产生生物性要求，才会对食物产生悲伤、愤怒、愧疚等情绪。日复一日，资本主义社会使个人心中的人性觉醒了。它让人们有了和狗不一样的、对食物的诸多情感和判断。在资本主义社会的各种条件下，食物实际上成了极为复杂的二阶系统的对象。粮食问题如今是国际问题、政治问题。可以

---

[1] 伊万·彼得罗维奇·巴甫洛夫（1849—1936），苏联生理学家、心理学家、医师，条件反射理论的提出者，1904 年获诺贝尔生理学或医学奖。

说，坂口安吾主张的在性经验中体会到自己的存在，也是同样的道理。坂口安吾作为人类，不仅是一个单纯的雄性。仅作为雄性是远远不够的。正因如此，他才写了小说。小说是以书面文字形式呈现的精神活动的高级表达。近代小说终于在18世纪向前迈出了一步。

日本的女性受到各种形式的非人性的道德束缚。她们不仅在恋爱和婚姻的问题上处于被动，就连对性生活的理解也几乎处于黑暗的闭锁状态。即使现在人们暂时打开门窗，开始公开谈论性的问题，但只要看看当下发生在青春期的那些事情，就会看到各种不同的因青春觉醒而产生的悲剧。在完全没有知识储备和判断力的状态下，从战争期间乐趣全失的生活中脱离出来，青春张牙舞爪地倾泻而出。朝什么而去？是什么样的喜悦？想建设什么？要做成什么样？只是，在这里，被摧毁的稳定生活和想要享受快乐的强烈欲望产生了冲突。日本的女孩一直被禁止喧闹，现在她们渴望在大街上、在公园里、在生活的各处肆意大笑、随意吵闹（享受闲散），她们渴望的身姿在明暗交错间提出了深刻的问题。对现在的一些情感生活来说，"享受闲散"和"不畏堕落"自然地结合了起来。要说过去对恋爱和婚姻辛辣的谩骂为何能让她们感到痛快，是因为她们一开始就清楚地知道，没有那样美好的恋爱、婚姻和家庭生活，由此感到悲伤，心里堵着气，态度也强硬了起来。与其被推入那种和唯父母、兄长是从，不容分说的

"神圣"性生活的本质相同的堕落中，女性不如用和男性一样的感情，自寻一条堕落的道路更痛快一些。

只是，对于这种感情上的自主，仍然有一个疑问。在坂口的颓废主义世界观中，对男人而言，女性只是一个性器官，不存在作为人或社会生活者所持有的其他各种条件和问题。我想，如果一位女性从心里想要体会自愿堕落的刺激，那么在这一点上，她可能会与堕落论者令人感到非常疑惑的独断发生冲撞。原因在于这位女性最起码以个人自主的选择、自主的喜好走向了堕落的道路，也想要进行性的结合，但在堕落之中，她受到关注的仅仅是其作为性器官的功能。如果从人的情感，尤其是被压抑至今的日本女性寻求解放的情感中，将堕落的应用问题排除在外，这会是一条值得肯定并且可以走下去的道路吗？更不用说，性欲的机能和食欲一样，甚至比食欲受到更强烈的人类社会性反应，即二阶系统的影响。剔除好恶情感，至少无法发挥自主的性机能。否定了好恶情感的性交，只能是肉体交易。坂口说着只有在性经验中才能体会到真实存在，但又忍不住详细地将其写成小说，这种矛盾、碰撞如实地反映在他将女性置于性器官之上的思考方式中。当那些想要勇敢堕落的女孩了解了这一点时，便会惊恐地发现，自己竟然被置于一种极为腐朽、一成不变的看法中，一直被当成动物来对待。

现在，想要从社会角度出发，思考、判断并活用人类的自然感情和被视为其结果的恋爱、婚姻等问题的男男女女，他们平静的内心已经对其中涌现出的现代的矛盾、昏暗、混沌有了全面的了解。直到第二次世界大战之前，至少在日本，想拥有更好的恋爱、具有人性的婚姻的人，往往只是站在积极的一面抱有希望和期望。也就是说，即便是抱有理想和憧憬，最近数年间荒诞的现实，也从青春的手中夺走了这种从主观角度描绘恋爱和婚姻的天真。如今抱着严肃认真心态的人虽然还年轻，却丧失了大部分幻想。不管是品行多么端正的姑娘，都不会期待男性在爱上自己之前从未爱过任何人。无论多么正经的姑娘，也不会因为在和某人相爱结婚之前另有爱人而感到羞耻。问题往往在于各人如何体会那段爱情经历，如何对待对方。我不相信生活中常常有像浪漫小说描写的那样，一生只有一次的如电击般的恋爱。我也不相信爱情中没有挫折。爱情中当然也有误解，也可能有非常严重的危机。我想，正因为了解了这一切，抛弃了幼稚的幻想，想要寻求一种爱，一种期待与真诚之人结合的爱，才是现在人们痛切的心情。总人口中高达 95% 的人是靠工作来维持生活的。从以工作为生的人口比例来看，女性人口过剩，大约多出 300 万人。她们的性生活在各方面面临的困难之大，现在已无须赘述。对想要过上体面、正经生活的我们而言，脚下的道路是何等崎岖啊。偶尔想到映照出美丽天空景色的地方，那浅浅的水下也藏着足以致命的洞穴。在这样的生活中，想要过上像个人一样的一天，很明显，这就意味着要和现实中非人性的事物战斗一天。一些热爱人生，在自己的一生中体会到责任，正是出于人性的尊严想要找到最爱事物的男女，他们心灵的结合点又在何处？他们清楚地知道要携手行进的道路充满泥泞，如果想要好好地走过去，双方都需要帮助，他们关心的焦点就在于是否有可能相互给予帮助。

女性解放是一个实际的问题，仅依靠修改宪法和民法是无法达成的。家务和育儿耗费了女性一天中的大部分时间，这也是她们在一生的大部分时间中所做的事情。这些事情如果无法通过别的途径解决，那么首先在基本的时间和体力上，她们度过人生的方式和百年前没有什么差别。况且，百年前女性的那种无知的悠闲、对外部世界一无所知的狭隘心灵，今天已经被超越她们希望的更大的力量所击破。女性被推入了空无一物的荒野，那里看上去很文明，但没有任何现实的社会设施。1903 年，萧伯纳写成《人与超人》的那一年，少数拥有自觉的男性因恐惧自己会成为生物本能的俘虏，对此加以反抗。到了 1947 年，许许多多年轻女性也感受到了男性的这种反抗。现在，日本社会中终于出现了具有发展可能性的条件，那些一心想要自我成长，希望在人类历史中添上一笔的令人怜惜的年轻人，当他们眼带胆怯和苦恼向外望去，看到的是什么？在通货膨胀的世道下，连人类的社会良心也成为引柴，投入炉灶突然裂开的大口，或者变成一排怎么洗也洗不干净的尿布。可是，年轻女性从自然的人性出发渴求爱情，想要和爱人住在一起。没有女性会在心中生硬地否定孩子的可爱。也没有女性心里想着如果有了自己的孩子会怎么样，却不去观察周围的母子关系。但是怎么办？这裂口着实太大了。看起来自己不是靠这灶台吃饭，而是要被这灶台吞噬掉自己的命运。我想，无论如何都要将这可怖的灶台扭曲、合理化，直到它变成与人类生活相适的大小。我也想成为一个温柔善良的母亲，而不是在自己心中否定孩子可爱的母亲，也不想变成一个愤怒到大喊大叫的母亲。现在所有人都清楚地知道，这些问题不能只在自己心中解决。所有人也都明白，无论是一间托儿所，还是一间卫生的家庭食堂，只有它们具备了社会属性，在社会中建设起来，女性才能从家务的重担中获得解脱。而且人们也知道，如果这一点不得到解决，女性就无法站在与男性同等的地位上，作为一个人来积累各种经验，在各自成熟的阶段为社会做出贡献。

现如今，爱的道德与具体的一点密切相关，那就是对于资本主义社会中女性生活所面临的如此左右为难的境况，男性能在何种程度上将其与自身的人性状态结合起来进行理解。因为爱总是抱有善意的，总是希望少一些不便和不幸，多一些喜悦和希望。热爱自己的人生，试图守护自己身为女性的喜悦，想要对男性夸耀的希望与奋斗有所同感——对这样的女性来说，爱不外乎是这种生活方式所需要的相互协作、理解和信赖。今日的现实生活中，爱若是一句轻飘飘的低声耳语——我不会让你做一点厨房里的事情，想必听到的女性也会对这句谎言打个寒战吧。真心诚意的爱会这样商量——现在家务很繁重吧，我们要怎么做呢？只有这样慎重考虑，用正常的声音来商量的时候，才是在现实中有帮助的、生动的爱。可以从中清楚地看到，两个人是将这些事情作为共同的事坚持下去，因此才有可能为了解决问题而研究所有的积极方法。而且，懂得这样沟通的人一定知道，随着社会历史的进步，问题解决的可能性也在逐渐增加。这些人肯定也知道，自己在勤劳工作的悲喜中为发展做出的每一次努力，虽然看不见，但实际上都成了切实推动历史进步的力量。因身为人类而感到喜悦，甚至在这个意义上愿意承受辛劳的人们肯定会这么想，他们不会仅因自己是被历史创造的夫妇而感到满足，而是要成为一对创造历史的男女。

当今的世界上，存在资本主义民主和社会主义民主，更进一步说，还有中国和日本及其他东欧各国出现的新的民主主义社会形态。日本的民众对于个中差异不甚了解。他们也不太清楚，半封建的日本现在突然要走的民主主义社会道路拥有什么样的特点。因此，他们容易错将现在资本主义民主国家出现的种种现象照搬进日本的民主社会中。这就和突然梦想在当下本质上还处于半封建的日本社会中实现社会主义民主生活一样，是不恰当的。例如，民主社会的特点是彻底的男女平权，有人曾预言，如果实现这一点，那么从劳动报酬、工作机会上来说，女性就能拥有和男性完全相同的权利，这会导致女性结婚意愿下降，离婚率增加，家庭分崩离析。这实在是有悖于日本陈旧婚姻观的一种草草论断。诚然，过去的日本女性将结婚视为一种安身之计，进入了奴隶般的婚姻中。如果将这种状态视为毫无发展性的选择，那么可以说，在消除了不利条件的社会中，女性肯定再也不希望继续过那种奴隶式婚姻生活。但是，我们不能陷入这种在机械的反向思考中产生的、与现实相悖的误见。如果一个社会在民主发展的过程中真正地在具体层面上实现了男女同权，那么在理解人类性别方面，必然也达到了现在无法想象的高度。男女同权并不意味着像今天这样，男性和女性的生存安定都受到威胁，呈现出无法享受自然的性和其结果的状态。所有有人欲的女性，都不可能像这样在家庭和职业中左右拉扯，在双重负担下疲于奔命。承认妻子才能的潜力，让她在妻子和母亲的双重身份下发挥出作为人的其他能力，这样的丈夫之爱，不可能容许他们将妻子赶到灶台边的悲剧发生。想一想为什么钢琴家井上园子[1]、草间加寿子[2]非要和有钱人家的儿子结婚，估计没有人会想不到现在大量有才能的人，无论男女，都面临着经济上的巨大困境。这是资本主义社会带来的。民主社会中，与女性能力相匹配的社会职业及女性生育问题被当作社会问题来加以解决。只有在将女性真正视为女性的男女同权的

---

[1] 井上园子（1915—1986），日本钢琴家。
[2] 草间加寿子（1922—1996），即安川加寿子，日本钢琴家，草间为其结婚前的旧姓。

社会中、怀孕、生产、育儿的工作才会被当成社会性工作，才会得到帮助。当生育困难得到社会和经济的保障时，对女性来说，职业和家庭才第一次形成统一，才值得依靠。妻子、孩子才不会只能依靠唯一的男性，围在他的身边苦苦哀求一块面包。那个时候，我们人类，男人和女人，都将以更加闲适、轻松的心情，欣赏对方的优点，也会一同为对方的精彩有趣而感到喜悦。尽管人类社会历史进展缓慢，但我们仍然可以祝福彼此终于发展到了这一步。到那时候，我们还有必要拒绝从心里感受到的肉体结合的愉悦吗？人是自然体。当人类觉察到自己存在的时候，就已经开始追求幸福了。具体而言，我们活着的权利，就是努力为他人和自己谋求符合人性的高尚幸福的权利。

1947 年 11 月

将"家庭"的权威逐渐从结婚与离婚的问题中剥离出来，这对日本社会的历史来说，实在是意义重大。我想，即便是在对"家庭"有着诸多讨论的中国，在看待女性与"家庭"之间的纠葛上，也和日本有很大不同。在中国，女性自古以来也被视为"家庭"的从属，女儿、妻子、母亲，但在与"家庭"相关的事务上，她们受到的差别对待似乎远没有日本女性在男女问题中的那般残酷。在显示"家庭"权威性的冠姓问题上，日本是非常干脆地要冠夫姓。但在中国，看看宋美龄就知道了。她姓宋，名美龄，是蒋氏夫人。读一读作家巴金的长篇小说《家》，就能清楚地了解在中国的上流封建家庭中，大家族有着怎样的矛盾，家族中的人又是如何在这些冲突和矛盾中生活的。通过那本书可以非常直观地了解，身为家中的长子，需要为"家庭"做出什么样的牺牲，同时，书中还描写了男女用人们如奴隶一般的悲惨生活。不过，即便在这么苦闷的大家族中，作为妻子的女性，依然保留着娘家的姓氏，战乱时，也有迅速带着孩子回到安全的娘家避难的自由。要是妯娌带着孩子没有可去之处，也可以跟着一起逃。

这样的事，被日本的"家庭"义理束缚的女性做不出来。至少，当嫂子留在家里时，弟弟的妻子却还能自由行动，这绝不寻常。

将婚姻当作"家庭"的问题，而非与个人的人生有关的事情，由此产生的悲剧在中日文学作品里比比皆是。郭沫若的自传中就有这样悲苦的故事。就连鲁迅，在他诚实正直的一生中，也经历过这样的悲剧。夏目漱石的《行人》正是以日本大正时代的知识分子受"家庭"困扰为主题。

虽然修改后的宪法离民主的本质还相差甚远，但在平等对待男性和女性的问题上明显有着积极的价值。在我看来，有一点着实令人感到震惊。那就是直到20世纪中叶，而且还是在经历了如此严重的败局之后，同样在社会中劳动、生活的男女在基本人权方面是平等的——这一人尽皆知的事实才终于成文，被写进了法律。

修宪带动了民法的修订。民法中，过去那些完全对女性而言不公正、不现实的条款，将被修订为贴近生活实际的内容，也就是男女平等。

首先，婚姻将不再是"家庭"的问题，而是男女当事人的问题。"家庭"将以家为单位，基本而言，丈夫、妻子和孩子应被视为一个整体。"家庭"中的媳妇将被明确定位为丈夫的妻子、孩子的母亲。

离婚方面，在过去，通常而言，由妻子一方提出的离婚要求几乎不可能成功。就协议离婚来说，离婚必须得到当事人，即丈夫的批准，有2名证人认证。如果妻子年纪轻，还必须拿到娘家家长的签名，否则是离不成婚的。即便妻子因为忍受不了丈夫的放浪行径，或因难以忍受丈夫的冷淡对待想要离婚，但如果没有得到丈夫的同意，她一辈子就只能是丈夫名义上的妻子，每天过得像保姆和女用人一样。作为丈夫的男性和作为妻子的女性，基于对彼此的爱和社会责任共同经营家庭，如果这是结婚的原则，那么当爱消失，双方无法履行责任时，离婚也就不可避免了。无论何时，离婚都只能是为了保持婚姻纯洁与完成双方责任的分离。

在生活围绕着"家庭"展开的时代，妻子是媳妇，即使她成了母亲，也兼具母亲与媳妇双重身份。即便离婚，媳妇或是有孩子的媳妇从家里离开，留下的孩子也得由婆婆或小姑来养育。失去了妻子的男性，其生活起居仍由"家庭"中的女性来照料。

新的民法以丈夫、妻子和孩子为一个家庭单位，在男女双方出于个人意志结婚的情况下，婚姻双方必须自觉地意识到自己将要承担比以往更重大的责任。因为，除了彼此，没有其他可以抱怨、推卸责任的对象了。同样，我们必须深切地认识到，拥有离婚自由这件事，意味着比传统"家庭"中的离婚更深刻的人性别离。

妻子离开家庭，丈夫失去妻子，即使是暂时的，也是家庭的根本性破裂。如果有孩子，孩子不得不失去母亲或父亲，这样沉重的打击对他们而言无疑是猛烈的。我想，当人们拥有结婚自由、离婚自由的时候，所有的人，女人也好、男人也好，都会听到自己内心的发问："我们大家的责任是什么？我们大家的责任是什么？"

第一次世界大战结束后，世界上多数国家的离婚率都在上升。战争的破坏力使各国对于婚姻的传统看法和思维习惯发生了巨大的变化。主要原因在于战争导致女性人口增加，以往拥有稳定生活的中产阶级的经济基础被摧毁，以及劳动人口逐渐增多。如简·奥斯汀的小说和艾米莉·勃朗特在《呼啸山庄》中写的那样，英国中产阶级"门当户对"的观念也发生了转变。

即便是第二次世界大战中的反法西斯战胜国，其社会也饱受严重的战争创伤。英国削减了今年的圣诞经费，这是其进入近代历史以来的首度削减。美国也面临许多经济问题，这些问题动摇了家庭生活的稳定性，使离婚率迅速攀升。1917 年，美国平均每 1000 人中有 1.2 人离婚，这一数字从 1934 年开始大幅增长，1940 年达到每 1000 人中有 2 人离婚，到了 1945 年，结婚和离婚的比例是 3∶1。从前年来看，美国的离婚率达到了 25%，几乎是战前水平的 2 倍。这一现象在美国成为一个社会问题，不仅被当作审慎研究的对象，以父母离婚和夹在中间的孩子的痛苦为主题的戏剧也被搬上舞台，引起了广泛的关注。

如今，日本的离婚率也正急剧上升。战争在破坏家庭方面发挥的威力远比表面上看起来的要深远得多。战争中长年待在前线的丈夫和留在祖国的妻子之间存在的各种问题，当丈夫回来后才真正暴露出来，由此酿成了各种各样的悲剧。公报中宣告战死的丈夫回来后发现妻子已经和自己的弟弟结婚了，这样的事情还算是可以说给外人听的那种悲剧。

疏散、迁入限制，这些也在很大程度上破坏了日本的家庭。经济极度不稳定是当下导致离婚的最主要原因。这些理由成为离婚的动因这一点显示出，过去在日本，结婚并不是由强烈的爱情发生的结合，而是为了"家庭""家人"，是关于立身之计的问题。

我想，我们日本人在对待结婚和离婚自由时，必须保持冷静、谨慎和现实的态度。因为宪法和民法中的男女平等、结婚自由、离婚自由，同当下现实中全然破败不堪的社会经济之间还存在着惊人的分歧。

无论民法中如何规定结婚的自由，现在的年轻人真的拥有这种随心所欲的自由吗？他们首先面临的就是结婚之后住哪儿的问题。仅仅为了过一个月的蜜月，就准备一幢乡村田园的宅邸，那是像英国的伊丽莎白女王才负担得起的吧。"结婚吧！"年轻人做出决定，但很快就碰上一个问题——房子怎么办？碰到实在没有办法，只能和父母同住的时候，就算民法中以夫妻为一个家庭单位，但当年轻的妻子无法适应做媳妇的习惯时，又该怎么办？在夫妇两人不得不同时工作来维持生计的情况下，妻子的家务负担对丈夫来说也是一个重要的课题。当今的日本社会，黑市的香槟掺混着甲醇在小酒馆的地板上横流，却没有能够给俭省的年轻双职工夫妇的人生带来纯粹快乐的咖啡馆和自动售货机。当下争议纷纷的生育限制，对那些没有住房、无法从家务事中脱身的年轻夫妇来说，似乎也成了他们忍受无法糊口的薪水的一个条件，毕竟他们连初为人父母的喜悦都省掉了。现在的生育限制，与其说是从优生学角度制定的政策，倒不如说是一种民族耻辱，可以说，它是将对于现在的权力没有任何自主之策的母性当作泄愤对象。

民法不仅承认女性拥有离婚自由，同时也包含了对离婚女性的经济援助。但对女性来说，这真的意味着她们有了可以维护"个人尊严"的社会经济基础吗？

女性的离婚自由得到承认，这一点对隐忍至今的日本女性来说，或许有某种复仇的快感。过去，丈夫对妻子说"滚出去"，妻子如果离家，就会面临马上要流落街头的下场。但如今，这已经不再是一句威胁人的话了。"滚出去"，这句话隐含了让人滚出去的一方也有责任的意味。

然而，仅凭这样的事，日本社会中女性的结婚、离婚自由就真的能成为她们保全人性尊严的力量吗？

大体上，日本近来的离婚多由家庭经济破产导致，这点我们必须注意。而且，在这类离婚中，女性年龄都高得出乎意料，这也是值得注意的。这个事实告诉我们什么呢？现在希望离婚的日本女性，她们对外声称的离婚理由依然是双方性格问题、为人的生活态度等，却独独没有自觉原因在于爱情的消失，更不会将其坦荡地表现出来。为了"家庭"，"因为父母坚持"而结婚的男女要提出让媒人和周围人都接受的离婚原因，会说人人通用的理由——看不到未来。在日本，由于爱情消逝，无法忍受对方冷淡的态度，想从丈夫这个令人痛苦的对象那里解脱出来的女性，也得将真实的心意混在家庭或未来的期待中进行表达。

　　无论出于什么原因，离婚都是家庭的分崩离析。现代的离婚率不断增长，其中必然有很深刻的社会原因。第二次世界大战后各国离婚率攀升的现象表明，即便是战胜国，受社会中发生的各种微妙矛盾的影响，在经济层面也好、心理层面也好，如果继续保持独立个体各自运行的状态，家庭也将难以维持和以前一样的平和。

　　尽管民法中说结婚自由，但在现实中，没有住房、月薪低，再加上战争的原因，许多家庭就需要新的扶养者，这些问题都使得自由地结婚变得很困难。全递①的工会要求为十几万名适婚年

①日本邮政公社工会的前身全递信工会，简称"全递"。——编者注

龄的员工提供结婚资金。政府甚至连员工维持生计的工资都发不出，又怎么会提供结婚资金呢？双职工家庭中不得不出来工作的女性，由于职场的陈腐思维、孕产妇保护措施的缺乏，结婚即离职的概率非常高。这样一来，即便是有工作意愿的女性，也被迫坐上了"家庭主妇"的位置。这些人离开工会，成了最孤立的、完全脱离组织的"妻子"。而丈夫的工会，仅仅在家庭津贴和家庭慰问会中才与妻子扯上关系。

原本来说，结婚就包含这样的现实冲突。这也向我们展现了当下的一个现实情况，即女性无法简单地通过离婚来维护"人的尊严"。当一位女性出于"作为人的尊严"而自由地离婚，她面前却没有可以让她自由开展未来生活的社会条件时，情况又会如何？

在工厂工作的女性，甚至学校的老师都有退休年龄。当女性已经熟练掌握工作，拥有作为女人的丰富经验，并且到了正需要支付即将成年的子女的教育费用时，一旦越过了女性身为妻子、主妇、母亲经济负担最重的40岁，紧接着就要退休了。在印刷工厂等单位，到达退休年龄的女性如果还想继续在那里工作，就会被降到非熟练工的级别。甚至连女教师也是如此，一旦到了41岁，就不会再被委任正职了，这是东京都政府的内部规定。

要求离婚的女性所提出的理由当中，有一点并不少见，那就是丈夫散乱的生活不仅令作为妻子的自己难以忍受，同时也会对下一代的教育造成恶劣影响。"要离婚的话，孩子留下"，这是恬不知耻的婆婆和丈夫常用来恐吓妻子的话，以强迫她们继续隐忍。法律已经规定了离婚自由，不幸的妻子可以自己决定离婚，但当妻子不得不带着想要和她们一起生活的多个孩子时，现在的日本有几个妻子有自信可以在经济上自食其力？易卜生的《玩偶之家》中，当娜拉想要摆脱玩偶的身份，从玩偶之家离开时，她才面临女性的社会问题。现在的年轻女性当中没有人会不理解这件事情。娜拉急切地想从"唱歌的云雀""可爱的玩偶"重生成一个真正的女人。隐藏在她前途中的问题，在如今日本所有的劳动女性面前，呈现出了远比娜拉的时代更加具体的矛盾形态。

结婚时，托儿所不需要我们深思熟虑，洗衣、做饭也没有成为社会化家务，而这些事情都在离婚的时候变成了更切实的问题，成了女性的桎梏。战争寡妇的生活中充满了反反复复、无法消解的苦难，实际上问题的关键大多来源于今日尚未得到解决的社会问题。女人靠副业无法生活下去。而现在雇主和雇员的关系是，雇员明明靠副业生活不下去，但雇主支付的薪水又只会让雇员在没有副业的情况下生活得更加窘迫。无论副业是否能缓解薪资压力，带着孩子的母亲都难以找到正当的工作场所。

外国也有很多妓女。但我们日本的女性不能忘记一个事件。某位女性在丈夫战死之后成了俗称为"妈妈"的站街女，她把3个孩子留在某处，自己被勒死了。现在的日本，带着孩子的站街女的比例也一定很高。

　　如果结婚与意味着分离的离婚是为了"人的尊严"而实现的男女间的平等人权，那么我们就必须彻底实现宪法中规定的，人人皆能工作、人人皆能受教育的条款。因为只有这样，才能如宪法中所说的，所有人都拥有具体的方法来自由地出于自己的良心行事。

　　在思考结婚自由的时候，我们无法忽视现在日本劳动女性的现实条件。当谈到离婚自由的时候，我们无法接受在创造女性自力更生的社会条件上偷工减料。因为这都与改善必须靠工作活下去的全日本数千万男男女女的生活条件息息相关。

　　自由并不意味着随心所欲。结婚自由表示人们所希望的婚姻可以不受除本人外的其他意志干扰，同时也不会因外部的强迫而进入一段自己不喜欢的婚姻。当然，这不是说人们就可以放纵了，而是指人们拥有了拒绝以结婚为幌子进行肉体交易的、丧失人伦之行为的权利。

　　当在更加人性化的条件下重新审视结婚的本质时，作为保护婚姻纯洁性的条件，离婚的自由才被提出。主观上来说，因为厌恶所以分手，这样的态度并不是对离婚自由的正确认识，同时，客观上来说，我们需要法律对离婚的母亲及其子女的生活做出保障。如果社会上没有实现这一保障的可能性，那么离婚自由终将是一场骗局。

仅在宪法和民法中积极主张女性的立场与男性平等，几乎等同于一纸空文。现实社会生活的每一天里，在所有的职场中，当社会或法律有了具体的措施来保障以工作维生的男女的需求时，才配得上说是民主。当男男女女为了创造这样的社会，齐心协力以各种方式进行斗争的行动被视为从心而发的行为时，才是贯彻了民主。若仅仅说女性、失业者和大臣都拥有选举权，这不是民主。

不严肃认真地讨论如何改善、确保女性的劳动条件，尤其是孩子们的社会保障，就无法谈论结婚和离婚。至少也要有个人经济负担小的托儿所、幼儿园、儿童医院、疗养院。宪法规定的九年制义务教育由国家保障，但实际上连这一点都做不到。在这样的社会背景下，离婚自由听起来像是种欺诈。作为父亲的男性，没有不对妻子离婚后，失去了母亲的孩子们的境遇感到心痛的。在一条看起来活得更像人的道路上，却出现了更多的娼妇和流浪儿，这是我们的社会良心所不赞同的。在这样的社会现实下，为了让沦为空谈的结婚及离婚自由真正得到社会支持，对那些阻止、压抑我们为改善生活做出的所有努力的权力，我们绝不能妥协。

1948 年 4 月

卷三 ·

昼夜断想

电影中的恋爱

电影像是近代企业，无论是在经营上还是在技术上都实现了飞速的发展，但是，电影中刻画的女性生活却仍停留在和过去一样的水准上，止步不前。美国和法国的电影在技术上已经领先一步，这是非常明了的事实，但当他们拍摄以女性为主题的电影时，却还是将女性塑造成情人、妻子或母亲的形象，以女人的牺牲为主线。在这一点上，美国也好，日本也好，都是一样的。过去，这方面常常受到关注。在著名的《斯黛拉·达拉斯》①和《玛祖卡舞曲》②等电影中，也给在社会上处于被动地位、担任承受者角色的女性的痛苦感情覆上了母性之爱的外衣。这些电影在外国也赚足了人们的眼泪，从这点上不难看出外国女性的生活即便在恋爱方面，也有着各种各样的痛苦。

因为要面对观众，所以电影制作者在各种恋爱场景的不同

---

① 1925 年上映的美国电影。
② 1935 年上映的德国电影。

拍摄手法上追求变化，煞费苦心，但前不久上映的由玛琳·黛德丽^①和查尔斯·博耶^②主演的《乐园思凡》^③却让人感到不够完整，白费了功夫。与之相比，《藏娇记》^④中克拉克·盖博^⑤和琼·克劳馥^⑥的幽默演绎下展现出的男人的真心，让人感觉更加清爽，即使只是让人发笑，也算得上是成功了。夸张且愚劣的是《恋人的日记》^⑦。

我觉得电影中的恋爱场面相当难拍。欧洲、美国的多数导演认为恋爱场面需要一些特别浪漫的氛围和道具，他们还没有从这样的思维定式中跳脱出来，尚且不能自由发挥。观众的情感一直随着剧情自然地变化，可是当恋爱场景临近，他们逐渐被带入一种不自然的状态，在所谓的高潮场景中，观众与电影中的恋人一道被带进了一片人造的纸糊森林，这挺令人恼火的。我想，这方面体现出的技术上的俗套和迟钝，与汽车的追踪场面一样，都是电影中根深蒂固的一种套路。

《做梦的唇》^⑧和《罪与罚》并没有用惯常的方式来表现恋

---

① 玛琳·黛德丽（1901—1992），德裔美国演员、歌手。
② 查尔斯·博耶（1899—1978），法裔美国演员。
③ 1936 年上映的美国电影。
④ 1931 年上映的美国电影。
⑤ 克拉克·盖博（1901—1960），美国知名电影演员。
⑥ 琼·克劳馥（约 1904—1977），美国知名女演员。
⑦ 1935 年上映的奥地利电影。
⑧ 1932 年上映的德国电影。

爱场景，而是将其中蕴含的情感搬到了荧幕上，收获了十分不错的效果。它们都是很好的例子。在《巴黎屋檐下》[1]等电影中，雷内·克莱尔[2]认为人并非只能在特定模式下恋爱，他将这种成熟的理解灵活运用在了对都市生活的描写中。在讲述伦勃朗生涯的电影《伦勃朗》[3]中，一位艺术家出于两种动机和两个性格相异的女人产生了不同的感情，虽然有些俗套，但电影呈现的效果很好。

总之，电影中的恋爱场景里出现的女性，到底在多大程度上拥有个性、具有自主的感情表现和行动，这是十分值得推敲的。诚然，若是看看当红的女演员们，每一位的容貌也好，发色、声音也好，表达情感的动作也好，并不是没有特点。可是当她们对上了男性，在这种场景下被拍摄时，尽管她们身为明星，会有想要让自己发挥出鲜明个性的焦虑，但在整体情感上，她们还是变得和普通女性一样了。换句话说，这是因为在剧情基础上，女性内心的情绪已经被定型了。如果从细节上来探讨这个问题就会发现，即便在国外，女演员仍然只是将自己的独特风格和外貌特点融入普通女性的性格中，而且，她们自身似乎对基于自然发生的事情进行表演这一点，没有自觉，也不曾感到苦恼。我在看最近

---

[1] 1930 年上映的法国电影。

[2] 雷内·克莱尔（1898—1981），法国知名导演、编剧，20 世纪 20 年代因拍摄默片而出名。

[3] 1937 年上映的英国传记电影。

上演的《恋爱中的女人》①时就有这种强烈的感受。这部电影集结了康斯坦斯·贝内特②、西蒙妮·西蒙、洛丽泰·扬③、珍妮·盖诺④4位女演员，这些女演员的特点让人对它颇感兴趣，但它本身却意外地没有什么深度和味道，甚至连女演员们的特点也没有好好利用。

我认为日本电影在上述几点表现得更明显。我想，日本的电影演员必须从独特的立场来研究情感的表达。单纯地模仿西洋风，结果不过是一张会动的照片，而在演技上摒弃我们日常生活习惯给情感表达带来的长久制约，才是非常重要的努力，也是未来值得期待的地方。

看《裸之町》⑤时我也感受到了，日本女演员在奋力表演时脸上都会出现一种东西。她们饰演妻子时，那种忍耐困苦境遇的表情表现得淋漓尽致，但到了要呈现内心复杂纠葛的段落，她们的脸却只能演出非常消极的样子。以《裸之町》为例，当丈夫不在身边，妻子被讨债的人围住，困在一个像是孤城的店里时，女演员的脸完美地呈现了她的内心情感，让观众信服。可是，等到

---

① 1936 年上映的美国爱情喜剧电影。

② 康斯坦斯·贝内特（1904—1965），美国舞台剧、电影、电视剧女演员。

③ 洛丽泰·扬（1913—2000），童星出身的美国女演员，曾获奥斯卡最佳女主角奖。

④ 珍妮·盖诺（1906—1984），美国电影、舞台剧、电视剧女演员，首届奥斯卡最佳女主角奖得主。

⑤ 1957 年上映的日本电影。

了在丢弃猫咪的海岸、车站前的小餐馆等场景时，妻子的脸上失去了言语，硬要说的话，那张脸变成了一个普通女人的脸。而这个场面在心理上又恰恰是全篇最紧张的部分。

我想起之前读过的一本外国人写的书，里面讲到他对日本人的脸部特征所做的深刻观察。他写到，欧洲人即便平常看起来散漫、吊儿郎当，可是一旦到了要认真思考、行动的时候，容貌会瞬间发生变化，表现出和平时不同的紧张感，充满生机和机敏，其精神活动的明显变化会立刻在脸上表现出来。但是日本人的脸则有另一种特别的性质，平时看起来机敏、活泼的脸到了非常紧张的时候，反而会流露出一种淡漠、疏离，乍看像是迟钝的表情。这本书的作者认为这是非常令人吃惊的。为什么会产生这样的变化？其社会原因由来已久。我想，若思考一下女性的生活现实，就会知道女演员要做到真正展露个性、展现自己的表情，是十分不容易的。暧昧的笑被视为日本的一种代表性表情，在全世界都评价不高，我想这在电影方面也是尤其要注意的问题。在我们这些外行看来，《裸之町》的前半部分与后半部分的主题是脱离的。虽然我认为文艺电影的基础在于后半部分，但在这部电影的后半部分中，妻子的演技缺乏打动人心的力量，虽有诚意，心理上的能量却显然不足。

近来我们不太自由，苏联的电影也逐渐看不了了。在现代，那边的电影是什么样的情况，这实在让我好奇。除美国电影之外，其他国家的电影在拍摄恋爱时，会将因社会的不合理而产生的悲剧原原本本地如实拍下来吗？若非如此，那么他们会将其隐藏在荒诞、幽默里的美中不足拍下来吗？今天的苏联电影又开拓了怎样的新内容和新技术呢？小说越是通俗流行，主题越是集中在恋爱上。大家只会从这一方面去切入现实。电影亦是如此，越是拙劣的作品越关注恋爱。我想在这一点上，可以说电影反映了当下文化所蕴含的社会性。

1937 年 8 月

————— 论当今女流作家与时代的联结

一

为什么女性难以产出优秀的艺术作品，为什么迄今女性发表的作品中，难以见到她们与时代之间的联系？对于这样的问题，我想试着先从文艺的本质，即个人成长开始进行思考。我在看待事物的时候，必然会在个人观念的基础上进行观察。那么，作为个体的女性和男性，在对事物进行钻研、探究时，从生活的各种方面来看，会发现作为个人的女性身上有更多的欠缺。

现在，从女性立场来看个人的成长，会认为那当然是个人的私事，但是在我的幼年时代，反而有某种反抗心理促使我做各种各样的事情。虽然那是一种十分纯粹的东西，但同时也非常单调。这种反抗心虽至今犹存，但仅靠它是无法做工作的——这种仅由女性被迫承受的东西，正是在眼前不断累积而成的。女性为了摆脱这种困境，付出了男性无法了解的劳苦和努力。这些东西与过去的社会制度、组织，以及从出生就被赋予的性的关系——或许只有日本女性如此——阻碍了女性个体的充分发展。

如今，若从细微的角度看待阻止女性投身于艺术的原因，可以知道，女性在生理上敏感的神经活动影响了其对生活的感受，并使她们容易陷入当时的生活情绪中。这是因为女性比男性更加细腻、真诚，她们常常试图在巨大的情感波动中寻找本心，因此即便对待同一事物，她们有时也会展现出极度糟糕的一面，有时又会变得无比可爱。就这点来说，女性比男性更需要时刻反省。这是女性普遍拥有的一种道德观念。

另一方面，女性被强加的特有的贞操观阻碍了她们投身到艺术中去。如果是男性，他们可以在作品中描写极端的性欲或爱恨纠葛，即使遭到批判，他们的作品也不会像女性作品那样引起大众不必要的好奇心。虽然对于艺术作品没有必要理会这种卑鄙的大众言论，但这份担忧实际存在于女性的心中，也是一个不争的事实。

二

试着想象这样一个微妙的场景。假设这里有一位女性，她描写了一段大胆的爱情故事。对这部作品，她相信自己的态度，她的丈夫对此也给予了充分的理解。但是，当这样的作品进入社会，作为个体存在于社会中时，却有很多实际的困难在等待着它。例如，大众会曲解作者在作品中表现出的自由的态度，也容易发生脱离了作品本意和作者预期的事情。试着把它看作是一件发生在公司里的事情吧。一位女性职员，仅因展现了女性解放的自由态度，就被男性误解为她可以随意地与他人交往。然而，这并不是真正的女性解放，这样的境遇只不过是制造了一个可以形成交往关系的机会。要真正知晓自己的处境，必须将自己的生活从那里剥离出来。

首先，就女性天生具备的母性而言，母亲会将孩子作为心灵对话的主要对象，女性为了自己的艺术，即使她可以摆脱丈夫的束缚，也依然无法真正抛弃孩子。例如，虽然一个女人认为自己写的作品是纯粹的艺术品，但她也会思考十二三岁的孩子看完后会有怎样的判断，并由此产生情感上的担忧。

其次，女性在日常生活中，在家务事上浪费了巨大的精力。即使有女佣帮忙，主妇也必须承担起主要工作，进行指挥、安排。因此，当她们忘我地专注于文艺时，这就成了一个巨大的阻碍。

再者，女性的仪表与创作也有很大的关系。女性自古以来就被认为具有观赏性。一旦外出，则需要从头到脚好好收拾一番，不然风一吹，头发就乱了。无论这是传统还是本质上的需要，总之女性外出时要注意的小细节格外地多，而且她们必须尽可能地注意到它们。拥有像水面反射一样的注意力，是会扰乱内心深处平静的。为了保持内心平静，女性就要付出男性所无法了解的努力。男性不需要意识到并经历这样的事情，女性对此则在某种程度上采取了自我反省的处理方式。只有这样，她们才能安下心来处理工作上的事情。

最后，就时代和时代精神而言，为了在其中生存下去，我们必须看清前方、后方和终点在哪里。

时代就是一条大路，我们必须看清现在在走的路，同时也要认清自己前方的道路。也就是说，在真正的意味上触摸、创造时代，在自我之中发展这个时代，时代也必然会从真正有如此牵挂的人们中间诞生。在某种程度上，这与人类从原始时代以来走过的发展路径相同。当然，世间万物、人类和文艺都走在同一条大路上，就像每个时代都有属于每个时代的产物一样，自己在这条道路上的某一时期过正确的生活，这其中就蕴含着新的时代。或许有些人的心中并未意识到这样的过程，就已经塑造出那个时代了。我们在反思自己生活的同时创造了自己的时代，但与我们不同，我们的祖母、母亲只是把时代变化的痕迹作为一种符号进行表达，而这实际上确实创造了我们来时的道路。

例如，女性对于政治权利的要求，对于在社会生活中机会均等之类的要求，因各人成长经历的不同，她们对此表现出来的态度也各有不同。某位独身女性——她在少女时期与作风老派的母亲一起生活——被时代要求的女性规范所刺激，开始反思自己过去的生活，甚至从社会主义转而投身到妇女运动中，过上了带有轻微反抗态度的生活。而后，这位女性相信这是作为人能过上的最好的生活，并为此工作和学习。然而，我对这样的生活是不是终极的抱有怀疑。原本那位女性的欲求就是从想做一个真正的人当中延伸出来的，但真正的人的理想、人的诉求靠主义无法解决。无论她如何努力背诵并记住了主义的原则，仅据此依然无法达到她在生活中最终追求的平静。那时，那位女性将被迫寻找到自己的道路。也就是说，在寻找自己安身立命的方法时，女性才开始理解自己与时代之间真正的联结，或者说，也许她们才会对所处时代的标准、方法和理想感到满意。不过，这一点因人而异，有些人在走上这条道路之前就发现了方法，有些人则是走上道路之后才找到，据此就决定了人的命运。

三

从这个层面上来说，人需要知道真实的自我是什么样的。这不是由教育，也不是由时代影响产生的，而是指人的本性。这对每个人来说都是不同的，因此各人必须思考什么是真实的自我。由此，一个人才真正地存在于某个时代。也就是说，这个人并不是享受各种时代性的趣味，而是吸收时代中的东西，同真实的时代彼此交融，进而成就自我。被时代裹挟着而做的事毫无意义。

然而，做还是不做，取决于自己的本心，但只有拥有了和这个真实的时代相融的心，才算是开始了解这个时代，别无他法。对女性来说，即便是这样一件重要的事情，也常常被阻挡在她们的自由之外。

最后，女性的自由在孩童时代是相对解放的，等到了十八九岁，就被迫过上了和男性完全不同的生活。现今这个时代，女孩们听到的不是"你要做的事情全部交给你了，要负起责任来"，而是被当作"某个地方的大小姐"来对待。她们被困在父母创造的圈子中，大多没得到真正的解放和自由。当女孩要嫁人时，多数情况下也是父母逼着结婚，她们没有自由，没有个性，更少有人经历过男人会经历的"寻找爱情的时期"。换句话说，女性缺乏相信和怀疑的经历，因此也就缺少激情。

男子成为丈夫、父亲，他们的责任感会越来越强。另外，作为社会中的一员，他们得到的经验也会更加广泛和深刻。女子在大多数场合下则沉陷于家庭生活中，没有社会关系，整个人被家庭生活吞噬。从女孩到嫁为人妇，女性在妻子、母亲的身份中重复过着典型化的日子，由此产生的艺术，自然也只能达到她们在这一生活模式下进行自省后所能到达的程度。由于女性在生活中感受到的真谛往往是其狭隘的心灵体验，因此，女性的创作中也就缺乏真正具有独特性的东西。为了摆脱常规所做的努力，使自己真正变得恬淡、体面所付出的精进，从性别导致的各种缺陷和不自由中逃脱出来的苦闷——女性实际上拥有大量艺术的种子，然而，在种植它们并培育出花朵的过程中，女性却面临着各种困难。那里有女性永恒的苦难。

1922 年 5—6 月

衣服与女性的生活
——为了谁

关于女性和服装，迄今为止已多有讨论。围绕服装的一些普遍问题，像是纺织、缝制、穿着等工作，与女性的人生到底有着什么样的历史渊源？现在，不正是一个站在社会角度来重新审视服装与女性命运关系的好时机吗？

在完全肯定服装与女性的社会性关系的基础上，讨论的话题便成了整理、保存衣物的方法，缝制衣物的方法，如何旧物利用和选择款式等。但试着想一想，在人类社会的历史中，到底是从何时开始变成由女性来缝制衣物的呢？纺纱、缝织，再加工成可以穿着的样子，这些工作从很早以前就由女性来承担了。大概从希腊神话阿拉克涅的故事就可以推断出来。阿拉克涅是一个非常美丽可爱的姑娘，擅长纺织。她织出来的织物精妙又美丽，甚至在奥林匹斯山的众神间也饱受好评。众神之王朱庇特喜欢上了这位擅于织出美丽织物的姑娘，这招来了朱庇特妻子朱诺的嫉妒。最终，可怜的阿拉克涅被朱诺变成了蜘蛛。"既然你这么喜欢纺织，那就一辈子织下去吧。"这是女神出于嫉妒而进行的报复，她将阿拉克涅变成了一只终生都在缝制美丽织物的蜘蛛。我想在这个传说中，包含了对女性不得不总是进行纺织工作而产生的悲伤情感。除此之外，我认为这项工作被描述为如神的惩罚一般，就像是无法摆脱的命运，正说明在古希腊社会，无论怎么解释，这项工作都不会是幸福的象征。众所周知，古希腊社会率先产生了人类早期文明，成为古典文化的不竭源泉，但这种繁荣和自由是在奴隶制度上发展起来的。当时，自由民和奴隶的比例约为1：5，奴隶包揽了生活必需的所有体力活。纺纱、织布、缝补也都由奴隶完成。主要是女奴隶为主人做必要的纺织工作，这样主人们就不必直接做这些事情了。希腊的自由城邦正是建立在这种社会构成的基础上。通过阿拉克涅的故事，我们不仅可以看出在当时的希腊社会中女性没有真正的自由，而且可以知道这个故事本身对于强加给女性的纺织工作持怀疑态度。

将朱诺与阿拉克涅的关系放在纺织工作中来看，可以说是主人与奴隶的关系，是给予义务和承担义务的关系。即便仅仅把这个故事当作个例，我们也知道，所有神话故事都源于其所处时代的现实生活和社会基础。欧洲的封建时代，即中世纪出现了许多骑士文学。骑士文学成为近代小说的滥觞，其中一篇以著名的兰斯洛特为主人公的长篇故事 [1] 值得一提。里面有位美丽又孤独的夏洛特小姐。丁尼生 [2] 在故事中写到，夏洛特小姐在古堡的高塔中过着孤独的生活。她被困于一座覆盖着常春藤的塔里，在一面巨大的镜子前纺织。预言里说，如果有一个爱上了夏洛特小姐，可以将她从孤独中拯救出来的骑士出现，那么他的身影必然会浮现在这面镜子中。

多年来，夏洛特一直在古堡的塔楼里，一边盯着镜子，一边纺织。她织机的声音回荡在塔楼中，今天如此，昨天如此，明天依旧如此。然而，某一天，夏洛特和往常一样对着镜子织布，忽然瞥见一位骑士骑着白马的身影在镜面上掠过。就在夏洛特睁大眼睛想要看清那威风骑士的身姿时，镜子却碎得稀烂，她再也无法看见那位骑士了。命运悲惨的夏洛特小姐，她的故事对今天的我们有什么启示呢？

我想她的故事展示了这样一种现实，那就是在欧洲中世纪这一封建时代，女性的生活是多么被动，这被动的日常营生就是一边等待虚无缥缈的幸福，一边困在城堡里，不写字也不读书，只能终日纺织、刺绣。在日本，从上古时代起，人们就已经进行

---

① 兰斯洛特，亚瑟王传说中著名的圆桌骑士。叙事诗《夏洛特姑娘》讲述了兰斯洛特与夏洛特的爱情故事。——编者注
② 丁尼生（1809—1892），英国维多利亚时代最受欢迎的诗人，曾受封"桂冠诗人"称号。

纺织工作了。天照大神①的故事不仅表明了日本古代社会就有女性首领的事实，同时也提到她作为氏族共同社会的女性首领，纺织亦是她的一项职责。这位名为天照的女首领对自己织出来的布满怀期待，不料她的弟弟，也就是她的丈夫素戈呜尊②却胡乱地把天斑马的马皮丢上了织机，毁坏了天照正在织的布，她一怒之下躲进了一个叫天岩户的洞窟里。据说天照大神躲进天岩户就是日食的由来。不过，我们感兴趣的难道不是原原本本的故事——太古时代女性首领在日常生活里的样子吗？

后来日本的藤原时代相当于欧洲的中世纪。那个时代的日本女性是如何缝纫、编织的呢？《源氏物语》中，虽然有优雅温婉的紫之上③与光源氏一起为身边的女性挑选绸缎的场景，却没有关于贵族女性自己缝纫的描写。《落洼物语》④也是王朝时代写成的故事，但其中描写的人物并不是像《源氏物语》里的藤原那样声名显赫的大贵族。我认为，即便《落洼物语》描写的是贵族生活，那也是贫穷贵族的生活。自古以来，落洼姑娘便是日本的一位悲剧人物，她是一个继女。身为继女，她被迫睡在了房子里一个低洼破旧的房间中，那里光照差，让人分不清到底是房间还是走廊。故事的结尾，受尽欺侮的落洼遇到了一位自己想也没

---

① 日本神话里的太阳女神，被奉为日本皇室的祖先，尊为神道教的主神。
② 日本神话《古事记》中登场的男性神，又名建速须佐之男命、素戈男尊等。
③ 《源氏物语》中的人物，又名紫姬、若紫等，光源氏实质上的正室。
④ 《落洼物语》全4卷，日本的物语文学之一，成书于约10世纪末，作者不详。

有想过的爱人，过上了幸福安稳的生活。虽然这是一个"灰姑娘"式的故事，但我们的关注点在于落洼非常擅于缝纫，家中所有的缝纫工作都由她来做。大贵族家庭的女性当然不用自己缝纫，但如果是过着贫穷生活的藤原时代的小贵族，即便贵为小姐，不但要自己缝纫，还需要承担整个家庭的缝纫工作。在王朝时代的文化和文学中，还有这样不停地穿针引线、缝制着美丽绸缎，纤弱的手指因此流血的落洼故事，这一点值得我们注意。

藤原时代的经济以庄园制度为基础。京都贵族们的土地即为庄园，连同其中的居民也一并属于他们，所有生活必需品都必须以实物的形式供给京都的贵族。所有贵重的织物都是由庄园中的女性辛苦织出来的。虽然提起藤原时代，我们常常只想得到贵族女性的十二单衣①，然而，那时候的平民女性都是赤脚或穿草鞋。因为棉是一种贵重物品。到了德川时代，服装则揭示了当时更加复杂的封建社会矛盾。

町人阶层②开始兴起，他们依靠金钱的力量，穿着奢华的服装，让妻女在服饰攀比中大放异彩，这样的例子在井原西鹤的风俗描写中可以列举出许多。想必幕府也是煞费苦心，颁布了具有政治意味的奢侈禁止令。但町人们只是听过就算，绝不可能遵守。

---

① 日本平安时代后期贵族女子穿着的正装，由袴、单衣、五衣、打衣、表着、唐衣和裳组成。
② 日本江户时代（即德川时代）的一种社会阶层，主要是商人、手艺人、工匠，当时的身份地位处于下级。

当时，町人阶层在政治上受到身份制度的限制，但他们依靠自身雄厚的经济实力，对此做出了一定的反抗，比如在和服和短外罩里镶金，穿着乍看像木棉，实际品质上乘的绢织结城绸①。

德川时代，纺纱、编织当然也是普通女性尤其是町人妇女的工作。虽然全部都是手工作业，但有一点让我很感兴趣，日本织物中极具特色的飞白花纹、条纹都是由女性创造出来的。某位有着绝佳想法的女性，一个拥有良好感受力的人发挥独创性，制作出了这些飞白花纹和条纹。然而，这样的独创性和能力却丝毫没有被积累下来，成为日本社会生产中提高女性地位的条件。

例如，虽然现在看来已经是过去的事了，但无论是琉球美丽的飞白花纹织物还是染色技术，如今几乎都已失传，而那也曾是那片土地上的女人们的劳作成果。爪哇印花布价值高，洋溢着异常美好的艺术馨香，可是那些印花布的制作者是谁？是爪哇的妇女。从照片中可以看到，她们采用非常原始的方法来染织。几百年来，她们运用的就是这些方法。

日本的军人以与价值不对等的价格"买来"爪哇印花布，在卡车、行李底下使用，这样的做法曾在日本流行开来。这件事我们肯定不会忘记吧。

印度印花布的美丽举世皆知。那些拥有超高织布技术，可

---

① 日本的一种高级丝织工艺品。

182

以生产出如此美丽花布的印度女性，她们的生活又是如何？现在处于这样一种状态，穆斯林和婆罗门教徒之间的对立深刻影响着每一位女性的命运。

李白的诗句"万户捣衣声"①中所描写的昼夜不停歇的捣衣声，是由唐朝的哪个男子发出的？那都是女人们捣衣服发出的声音，数千年来，女性为了谁、为了什么事，在什么情况下纺纱、织布、染色和缝衣呢？我想正是现在，我们应该明确地问自己这个问题。因为即便在如今发达的资本主义国家的生产中，纺织、裁缝工作做得最为劳苦的也是女人们。英国发明用蒸汽动力驱动的纺织机器，工业革命发展之后，全球的纺织业就被完全改变了。

今天，纺织工厂发出的噪声仿佛要把人的耳朵震聋。数千个纺锤一刻不停地来回摆动。总有一两个十四五岁、十七八岁的小姑娘在那里工作。她们基本上每天要走 5 里② 以上。在那里工作的年轻的少女劳动者几乎都是刚从国民学校毕业的小姑娘。纺织业成为明治初期日本资本主义发展的基础，政府依靠少女这一廉价劳动力创造出一定的纺织生产量，再以最低廉的价格销往全球市场，与像英国那样纺织业发达，同时社会生活水平普遍较高、

---

① 出自李白《子夜吴歌·秋歌》："长安一片月，万户捣衣声。秋风吹不尽，总是玉关情。何日平胡虏，良人罢远征。"——编者注
② 里，日本长度单位。1 里 ≈ 3.9 公里。——编者注

劳动力价格高的地方所生产出的产品一同竞争。近代日本的资本主义实际上是建立在少女劳动者的血泪和汗水之上的。

明治维新并不是真正的资产阶级革命，而是以前当老爷的封建领主和下级武士的权力与未成熟的产业资本相结合的产物，地主和佃户的关系实际上是过去封建制度的延续。因此，日本农村极度贫困，农家出身的小女孩们向工厂预支一两年的薪水，被工厂压榨。然后，当她们在工厂工作大概 2 年的时候，因恶劣的劳动环境，会有很高的概率得上肺病，到那时，这些姑娘只能回到乡下的家里，在不幸中死去。工厂对此不负任何责任。工厂的卫生环境、早期检测等问题没有引起关注。纺织工厂的生活在劳动、惩罚方法、寄宿等方面有多不人道，只看明治四十年代（1907—1912）桑田熊藏[1]工学博士在议会上的发言也能明白，"日本纺织女工的悲惨简直无以名状"的呼吁让全场鸦雀无声。此外，细井和喜藏[2]的《女工哀史》也是日本的悲剧性记录。第一次世界大战后成立的国际联盟的世界劳动问题专门部门定义称，日本劳动者所处的环境完全是殖民地劳动者的环境。换句话说，日本劳动者拿着相当于世界劳动薪酬平均水平一半的 1/3 的薪水在劳动。而且，就全世界范围来看，日本男性劳动者的薪水与殖民

---

[1] 桑田熊藏（1868—1932），日本法学家，贵族院议员。

[2] 细井和喜藏（1897—1925），日本工人小说家，其著作《女工哀史》1925 年由改造社出版。

地劳动者的薪酬相当，而女性劳动者的薪水则仅仅是那 1/3 的一半。直到现在，女性劳动者的薪酬和男性的也绝不是同等的。日本纺织女工的薪酬之低引起了全世界的关注。

过去在日本，一般是农村的老婆婆纺棉花，自己染，自己缝，供家庭内部使用。随着纺织业的发展，一匹布只消 50 钱、80 钱就能买到，农村的人们不管怎么样都会购买这样的布匹。与其因贫困把女儿卖到吉原①，还不如让她进工厂显得更有人情味。于是，有这样想法的父母把他们的女儿送进了纺织工厂，那些姑娘耗费年轻的生命织出的布，兜兜转转又让她们的父母从钱包里掏出为数不多的钞票来购买，这种循环开始了。我想，只需要观察这种简单又堂而皇之的循环，也能明白日本的农村生活正承受着封建和资本主义生产的双重压力。

当下，衣服、服装的问题是社会的问题，不再是个人趣味性的东西。睁大双眼仔细看看那些被称赞"打扮得漂亮"的人的时髦，似乎可以看到那些女人生活的内里是如何在通货膨胀的地狱下被操控的。

现在，为了谁、缝什么的问题更加紧迫，它变成了我们需要一个什么样的社会，以及这个社会可以让我们穿上什么样的衣服的问题。近代资本主义社会中，裁缝成了一种职业。即便在美

---

① 日本江户时代公开允许的妓院集中地。

国等国家，从劳动者的比例来看，在服装工厂工作的女性劳动者的人数也是排名第一的。在美国高效率的生产流水线上，一张纸样用电剪一次性可以切成数百张布料，然后在电动机器上缝制。

缝纫工作尤其需要细致。衣料相关的作业并不限于这种大规模的成衣生产。缝金丝缎、刺绣、专门拼接碎布，这些大都是女性的工作，或者交给不方便站着工作的身体残疾的男性。安徒生在《没有画的画册》的开头部分写到，一个住在阁楼房间里的姑娘整天都在刺绣，月亮每天晚上都来看她，和她聊聊天。安徒生对于在城市阁楼里过着那样生活的女孩的人生抱有悲伤的同情，并且予以理解。

此外，这次世界大战前，由堀口大学翻译出版了玛格丽特·奥杜的《孤儿玛丽》这样一部独特的小说。这部小说的作者玛格丽特曾经是巴黎一名质朴的裁缝。她不是那种在裁缝工厂里工作的缝纫女工，而是从个人那里接受小订单，做些针线活。

玛格丽特是个孤儿，从小生活在修道院里。她曾经在农家专门负责饲养牲畜，后来终于来到巴黎，开始在裁缝工厂工作。她的眼睛在做针线活的过程中变坏了，渐渐地，她不得不摸索着缝东西。一直以来都喜欢看书、写写东西的玛格丽特终于停下了针线活，开始写字，于是有了《孤儿玛丽》和《从城市到磨坊》等在法国女性作家中少见的纯朴优美的作品。

像这种孤儿出身且做过缝纫活计的人也可以写出小说，可见法国社会各地民众的文化素养之高、之丰富。玛格丽特的文学作品具有无可比拟的优美和纯粹。她几乎丧失了视力，却依然与生活抗争，即便处于苦难的生活中仍抱有理想，想要像个人一样活着。她的优美和纯粹在她的思想中凝结，并从作品中流露出来。

在日本，认为女人只能做针线活并且想到要以此为副业的女性不在少数。切成细长条状的纸上写着"为您定做和服""为您缝衣"，这样的广告基本上都不会大张旗鼓地贴在家门口。小小的纸上是女人笨拙的笔迹，写着"为您定做和服。某地某号"，仅留下姓氏的纸贴在木板围墙和电线杆上。那幅景象里有一种与和服裁缝这个副业纠缠不清的独特感觉。

处在当前的通货膨胀下，几乎所有家庭都没有了积蓄。为了能让小孩子吃上哪怕一块麦芽糖，或者是在丈夫生日的时候能让他吃上一道想吃的菜，换句话说，在这种为人母、为人妻的心情的驱使下，女人们在纸上写下了"为您缝衣"。但这张"为您定做和服"的贴纸，又是何等鲜明地像是囊括了所有一般，表现了日本家庭的无依无靠、妻子活动能力低下以及她们苦闷的内心。1947 年，在日本通货膨胀卷起的巨大波澜中，那张写着和服裁缝副业的纸条在电线杆上飘动的场景，着实让人体会到一种悲惨的、落后于时代的感觉。我想樋口一叶的小说中亦有相同的场景。

街头会出现这样犹如时代错误般令人心痛的光景，究其根源，有因战争导致的国民经济崩溃等，但我们断不能遗漏一点，那就是其中包含着统治一切的制服万能的问题。制服这种东西的本质，难道不是抹杀每个人的人格、个性和人生，展示具有一定目的的集团性的手段吗？就像从每个人那里夺走名字，用号码来命名一样，无论是军队还是监狱，都绝不能穿着展示个性的服饰。甚至在女子学校，人们也围绕裙子的长度展开争辩，吵着是长点好还是短点好。男生一律剃寸头，女生禁止烫发。然后我们就被赶着进入了战争，造成了现在的代价。

在资产阶级民主主义进步的国家，各人依照自己的能力和喜好，决定自己要打扮成什么样子，可以穿自己喜欢的服饰，展示自己的个性。但是在那个阶段，肯定还有买不起衣服的人，处于"想穿也穿不了"的状态也被认为与个人能力相关，这样的矛盾依然存在。

我们要真正能够在社会上从事劳动，并且通过这种劳动来保障衣食住行——如果这种生存的必要条件得不到合理保障的话，那么女性不得不在缝纫工厂长时间劳动，被迫过着"想穿也穿不了"的生活的矛盾就没有办法解决。

我认为我们已经对什么是得体的打扮这一点有了良好的认识。我想，我们也逐渐能够在生活中感受并捕捉到美丽的打扮。无论是谁，都不会想在下雨天明明没有雨衣的时候，却还要穿着绢制衣服之类的走在路上。比起做出那种一遇到雨就立马缩皱的绉绸衣服，人们更想要的是麻制连衣裙、棉衣，或是在雨里也可以穿着走的长靴，是所有人都能在生活中用得上的服装。我们是否知道自己对衣服抱有的希望和要求具有如此远大的本质呢？

说起政治，似乎离我们的生活很遥远，但像这样，即使想要一件衣服，最终也带有社会性意味。所有人民如何吃、如何住、如何穿，以及接受什么样的教育，这不是个人的政治问题，而是直接关乎我们命运的课题。

提到服装，常常说到感觉（sense）这个词。服装中的感觉只是单纯地指配色、亮点这些方面吗？我认为不是的。如果在一副憔悴清瘦的身体上粉饰一番、添加亮点，这样算是好的感觉吗？我们所追求的美的根本是健康。我认为健康的身体也是为了要实现目标。那就必须确保食物，保证有一个可以安睡的家，确保有可以保持人性品格的经济条件。

如果认真深入地思考人生，就会发现如今的社会中绝不只有衣服这一个问题。假设未来真正从事纺织、染色的纺纱工厂中，工会的力量强大了起来，并且为了全体劳动者的衣料问题积极发挥作用，那么与衣服相关的事情和今日相比，会发生令人难以置信的变化。现在日本的纺织业基本处在总同盟①的严格管控下，工会在其中变得毫无作用，十分无力。如果纺织业的工会将自己

---

① 全称为日本劳动总同盟，日本早期的工会组织。

从那种压制中解放出来，自主策划、自主生产的话，那么通过工会间健全的物质交换，布匹的流通也会变得很不一样。

我们会以什么样的心情来看今天报纸上刊登的经济安定本部①的《经济白皮书》呢？如果我们把《白皮书》中的句子转换成数字表述，那么以此为原型的生活图景，真的适合人们的真实生活吗？

我想，日本的每一位女性都必须认识到，自己手中日夜握着的尺子和布带不仅可以在牛皮纸上画线，也可以在社会上、在我们的人生和对人生的建设中发挥作用。

1947 年 10 月

----

① 经济安定本部，简称"安本"，负责策划和调整经济紧急措施的政府机构，成立于 1946 年。

今年的 6 月 13 日，母亲结束了她的一生，享年 59 岁。从正月末开始，我陷入了无法自由行动的境遇，在母亲临终前的最后 15 分钟才将将赶过去。我想，母亲是为了等我，才强撑着忍受那生命行将终结的痛苦。

母亲多年来罹患严重的糖尿病，她自律克制地养生也并未带来任何本质的改变。3 年前母亲患上胰腺囊肿的时候，谁都没有想到她的身体里还留有康复的力量。

尽管母亲那时扛过来了，但这次当我听闻母亲得了肺坏疽的时候，想的却是这下恐怕是悬了。这话说出来也没关系，反正我也想着要不留遗憾地去看护她。我自己心中已经有了某种觉悟。

即便是母亲临终时，我也没怎么哭。之后的各种仪式中，眼见身着丧服的父亲掏出白色手帕擦鼻涕时，我坐在他身边，想要用浑身的力气去支撑他，为此也没有哭得太厉害。父亲失去了携手共度 37 载的妻子。为了不让他因丧妻的空虚感而突然遭受打击，也为了让他接受母亲现在结束一生是穷尽一切对策后无法避免的结果，除此之外别无他法，换句话说，我用自己丝毫不慌乱的态度，保持着一种苦闷的紧张感，我想要将这些都告诉父亲。

母亲离世到现在已经过了一个月零六天。没有了母亲的家里，现在有了一两处变化。这些变化比母亲过去所做的更加贴近一种合理的生活方式，也包含了父亲想要创造出适应新环境的生活的决心。然而，随着时间的推移，近来我发现自己难以用平静的心态去看二楼壁龛中母亲的那张照片了。每当我有什么事从母亲的照片前面经过时，要么就停下来直直地凝视着它，要么就不往那边看，直往前走，但我仍能意识到母亲的脸庞清晰地出现在余光里。

母亲作为女性的一生，除了我这个做女儿的，她给其他人留下了怎样的印象？我迫切地想要知道。

这种心情是在为母亲守夜时出现的。我想，或许会听到以前没听过的事情，或是一些回忆。我在心口上敷着冰袋，靠在柱子上坚持不睡，直到天亮都混迹在各种各样的人中间。但我没有听到任何人说出这样的事，一个人也没有。母亲20多岁的时候，带着刚出生不久的我和父亲一起去札幌生活。那时随我们一道从东京过去，和我们一同在札幌住了很久的女子，守夜那晚也来了。可即便是如此亲密的朋友，也没有说起那个时候如何如何、这个时候如何如何。午夜的灯光明晃晃地照在硕大的梧桐树树叶上，她坐在二楼的扶手边，在胸前轻摇着团扇，像是想起来什么似的，小声地向旁人推荐茶点。

那副样子让我想到了母亲的特点。恐怕无论是谁，都难以用三言两语说出他们对我母亲的印象吧。褒扬她又像是故意为之，何况在那样的场合下，也不好说她之前做的事情令人至今难以忘怀。我猜想，一般人的心态会觉得也没有什么能说的吧。

母亲到了晚年，许多矛盾变得特别尖锐，她极度坦诚地如不谙世事般将这些矛盾铺展开。她没有意识到自己在说谎、有多夸张，也不在乎自己的生活方式会对旁人产生什么样的影响，她成了占据家庭中心位置的女性。

母亲的娘家西村是佐仓堀田家的藩士①，似乎并不是什么富裕的家庭。但这位叫作葭江的长女，也就是我的母亲，在她正值青春期的时候，当官吏的父亲拥有一定的地位，因此可以让她过上把烤番薯当零食吃，从向岛②坐人力车去华族女校③上学的生活。母亲的夫家中条是米泽④的贫穷士族⑤，家里有祖母、公婆、两位小姑和帮佣组成一个大家庭。母亲的公公那段时间中风了，

---

① 对日本江户时代从属、侍奉各藩的武士的称呼。
② 东京都墨田区的地名。
③ 1885 年开设的供皇族和华族子女上学的学校，1906 年更名为"学习院女学部"。
④ 位于日本山形县。
⑤ 明治维新后授予武士阶层出身者的称号。

她一个才 22 岁、刚刚成为新娘的女孩，仅仅是活在那种走到哪儿祖母和婆婆就跟到哪儿的生活里，就已经十分艰辛了。在我十七八岁之后，母亲也常常回忆起那时候的事情。他们结婚那年，父亲从帝大①的工学系毕业。我听说父亲当时觉得长辈们太烦人了，他曾经气愤地大声说："我不是说过了吗？有你们这些女子在身边，我是不会结婚的。"

我出生时的家在小石川原町②，那时我们的生活节俭到连年轻鱼贩看了都要骂一句："这样下去要瘦得皮包骨了！"我们房子的后面是一片马铃薯地，从地里挖来的马铃薯都当零食吃了。我们曾笑着说起这件事。

当我回想起父亲第一次出国留学期间，当时还年轻的母亲的回忆，以及直到我十七八岁我母亲所过的生活时，可以看到母亲作为一个女人，那期间忍受的诸多困难，以及她在时代和境遇中不曾得到满足的希望。

父亲去外国期间比较穷，所以当时二十七八岁的母亲一边要养育以 5 岁的我为首的 3 个孩子，一边也做好了这样的觉悟，那就是等父亲回国时，只要孩子安然无恙，那时她就算熬不过去，哪怕死了都不要紧。一天又一天，她如此努力地生活着。

---

① 东京大学的旧称。
② 现东京都文京区千石、白山一带。

那段时间，到了夜晚，母亲就会在父亲大大的书桌上打开那盏在当时还是孩子的我们眼中漂亮、明亮的镍台灯。她将雁皮纸横着对折压好，用细笔仔细地给远在伦敦的父亲写信。那时母亲的侧脸是多么洁白温柔啊。三个年幼的孩子围在身边，母亲站起来打开风琴的盖子，一边弹一边用轻快又有朝气的声音唱着"绿叶茂盛的樱井之，故乡渡口的黄昏日"。当时母亲常常画画，与其说她是在哄孩子开心，倒不如说是因为自己喜欢。母亲每个月都会买《新小说》①《女学世界》②之类的杂志。这些杂志的封面画是洗崖③之类的画家画的，画上是捧着雏菊的女学生们在草地上散步的样子。要是遇上喜欢的画，母亲会将雁皮纸蒙在上面仔细描绘，之后再按照自己的喜好上色。

　　母亲和远在伦敦的父亲商量，她想去上野的美术学校学习油画，遭到了父亲的反对。这件事应该也发生在那段时间吧。尽管如此，母亲仍没有放弃学习油画的希望，她好像还去上野查询规章制度，但是发现当时美术学校不招收女学生。于是她被拒绝了。可为什么伊斯特莱克④的女儿可以入学，日本的女人就不行？西方女人和日本女人都是女性，为什么要区别对待呢？母亲直到

① 一战前日本的文艺杂志。
② 日本明治时代至大正时代出版的面向女生的杂志。
③ 井川洗崖（1876—1961），明治时代的封面画画家，大正时代的版画家。
④ 伊斯特莱克（1834—1887），美国牙医，幕末时期来到日本，为日本近代牙科医学的发展做出了贡献。

晚年仍对这件事表现出不满。

因为这种情况，去美术学校的事只好作罢。远在伦敦的父亲之所以反对留守日本的母亲学习油画，真正原因在于母亲那么年轻，而教画画的老师都是男人。母亲理解这点，但我也察觉到了，她对于这种强行将女性置于不公平地位的想法抱有一种愤懑。

当时，不知出于什么原因，在父亲离开日本的那段时间里，祖母想要离开母亲。她让伯父写了信，夹在父亲从伦敦寄来的信中一起交到了母亲手上。母亲被远比普通的留守生活更加复杂的关系包围着。

父亲在明治四十一年（1908），也就是日俄战争以日本战胜而告终之后没多久回国了。当时留洋回国是一件现在无法想象的新潮之事。尽管父亲也是那样备受瞩目地高调回国，但他和母亲之间存在着过去5年里因悬殊的生活条件而导致的情感不和。对于父亲的新潮和高调，总的来说，母亲似乎只将其与那段时间自己的辛苦联系起来尖锐地看待。那之后的很多年里，父亲与母亲也更加频繁地爆发激烈冲突。母亲出于本能，对站在父亲身边的9岁女儿声泪俱下地喊道："你是你父亲的孩子。和你父亲一起走吧！"

尽管他们之间有过如此激烈的冲突，但是当父亲辞去政府职位，创立建筑事务所的时候，母亲还是果断地全力支持。多年的忙碌中，她又生养了几个弟弟妹妹。

母亲注意到我不知何时对文学有了兴趣，她也自然而然地重新将文学趣味作为自己生活的一部分。她喜欢读托尔斯泰的作品。从我第一次发表小说开始，母亲就将她未被满足的、积极意义上的好学，同负面意义上对学问抱有的世俗虚荣心混杂在了一起，热情地倾注给我。母亲认为自己在与杂志社和报社的必要交涉方面最有心得，对我这个女儿，也不管培育女儿艺术的根源所在，就把我当成了不用恋爱、不必失败，只要写出好作品的一个特殊的存在。这着实让我感到恐惧。

直到母亲在 59 岁生命的终点，我和她也没能真正消除隔阂。我想，导致这个结局的根本因素就是在那个时候产生的。

一战结束那年，我随父亲去了美国。在纽约的一年里，我和一个身无分文的语言学者结婚了。

关于我结婚这件事，当时报纸上刊登了一些报道，说百合子和美国一个游手好闲的洗衣店老板成了夫妇。这门婚事父母肯定是不赞成的，尤其是母亲，为此她还失眠了好几个晚上。母亲认为，让在社会上已经有点名气的女儿去留洋，应该能让她成为更有成就的人。尽管家里没有钱，但在母亲的英明决断下，她还是拿现在住的房子做了抵押，把钱用在了我的身上。

我对此一无所知。我能感觉到母亲的想法，但我很排斥，当时光想着我终于是一个人了。我像是再也不想和围困在周身的、执念深重的栅栏扯到一起似的，将它们踢倒了。想着这次要按照自己的想法活着，我很振奋，带着要立即投入生活的希望和快要溢出来的好奇心飞向了大洋彼岸。

莫名其妙地结了婚，21岁的我趁母亲的期待没有完全幻灭之前，笃定地回国了。和我结婚的人与母亲性格不合，母亲终于大发雷霆，让我从家里滚出去。现在看来，这也不是没有道理的。

于是，我带着小时候用的书箱和棉制寝具，离开了父母家。

按母亲的脾性，无论是对丈夫还是对女儿，她都会将自己受到的打击严厉地反击回去，同时她又性情暴躁。不过，这是她在日常家庭生活中展现的一面。一旦到了对外的场合，母亲又变成了传统型性格，收缩、隐藏起个性，言谈间仿佛就是一个为了女儿和儿子可以舍弃自我的女性。而且，当她说这些话时，心中并没有假装。即便不惜负债也想要实现的宏大愿望被女儿背叛，母亲也没有直白地说出对女儿的失望，而是道貌岸然地将自己说成是为了女儿的前途不惜金钱、坚韧忍耐的母亲。这又在我的心中激起了浑身颤抖的憎恶。这种矛盾使我完全无法对母亲的真情产生共鸣。

当母亲和我开始走上不同的生活轨道后，她对文学的兴趣暂时平息了下来。取而代之，她开始练习日本画。

那时家里的经济情况稍微好转。我偶尔去母亲那儿玩的时候，她会给我看葡萄或牡丹的水墨画，也曾叫我去二楼通风不错的铺席房间。那里铺着毛毡，是她练习绘画的地方。不过，没多久她就停止了绘画练习。当时她已经得了糖尿病，低头时会牙龈充血，体力不支。此外，我后来听说，教画画的师父在绘画间隙曾说过"给我建个房子"之类的话，母亲对此十分警惕，于是干脆连绘画练习也放弃了。

这其实只是日本画家显示自己不拘小节的话，但母亲又是讲究实际的人，在维护自己的利益方面十分敏锐。她在这方面展示出的果断很有趣，但当时她一点都没有透露过这件事。她只说那谁谁谁的笔死气沉沉，不和他学了，她的画更有活力。由文学工作延伸，我对她的绘画练习也很感兴趣，同时对她的绘画风格抱有些许不安。按文学作品来说，母亲的笔势陷入了戏剧化的夸张，我对此只能产生消极的看法。

从1924年或1925年开始，我们这些孩子就再没见过母亲自己洗衣服、缝衣服，在灶台前站着准备晚饭的样子了。以前我要是看见她这样，会上去帮她忙。

母亲与父亲共生育了9个孩子。其中有6人去世了，这让母亲身心俱疲。尤其是1928年8月，读东京高等学校三年级的弟弟有计划地自杀之后，母亲的生活在旁人看来已经变成了一种异常的状态。

前一年的秋天，我去了国外，在列宁格勒①得知了弟弟的死讯。我至今仍不十分清楚弟弟自杀的具体缘由。他是那个时代的高等学校学生，有着21岁青年的苦恼。他在那年3月曾试图用煤气自杀过一次，但被父亲发现了。那个3月，一贯深爱着他的母亲，在强烈斥责自己最爱的儿子企图用自杀来逃避痛苦之前，自己先被他的纯情和苦闷打动，因此陷入感伤，在情感上被弟弟裹挟了。5个月之后，当弟弟最终去世时，母亲也在心里将此看作是在这浊世中过分纯真的儿子去往了灵界，以此来粉饰现实的失败。

我的妹妹，那时候刚刚13岁的少女也在想，自己也自杀的话，母亲或许会更疼爱自己一些，为此她还哭了很久。这些都是后来她偷偷告诉我的。

受明治开化时期的影响，母亲一向对宗教、招魂术之类的东西持批判态度，但在弟弟死后，她以一种狂热的沉迷开始相信儿子的灵力在守护着作为母亲的自己。在与魂灵的交往中，丈夫和其他儿子、女儿都被她排除在外。

母亲与她独有的灵相结合的感情，与其说让她在日常生活中变得更宽宏大量，倒不如说是让她变得更自我了。

---

① 俄罗斯城市圣彼得堡的旧称。——编者注

1929 年的春季到秋季，除了在莫斯科的我之外，父亲计划带上一家四口去欧洲旅行。父亲完全是为了满足母亲最后的希望，才决心组织这趟与自己身份不相符的旅行的。父亲甚至带上了儿子、儿媳和最小的女儿，因为他不知道病情逐渐恶化的母亲会在什么时候、在哪里倒下。如果那时候孩子们不在身边，对母亲而言是非常痛苦的，这是父亲的深思熟虑。而年轻人们从旅行到回国，并且在之后的很长时间里，都不知道父亲心中的这个想法。

母亲对这趟欧洲旅行感到非常开心。因此，从出发那天开始直到回国，无论是在船上还是在旅馆里，她几乎一天不落地在写旅行日记。

这趟连医生都说危险、一生难得一次的大旅行平安结束，旅行日记也写了不少。母亲将这些都归功于她常说的灵的护佑。连第 3 年她得了胰腺囊肿，经历了九死一生，母亲所赞美的也是那种灵的力量。对于周围人为了让她活下去、活得开心而日夜付出的操心和努力，母亲已经丧失了感知和评价的能力。母亲深信自己在家庭中的地位和她在广阔社会中所处的地位一样，她忘记了自己年轻时的勤劳和对他人的体贴，这对她而言是多么悲伤的事情，对周围人而言又是多么难受啊。

而且，母亲作为一个务实的人，一直过得不安稳。自从 1929 年经济大萧条以来，母亲的收入减半，她对社会的变化反应敏锐。她在这方面的敏感，不知何时已经压过了她喜欢的那种气度。

1932年我结婚的时候，母亲见了宫本，十分开心。她对我说："这次你应该会幸福的。"然而，自去年年末以来，母亲以她年轻时引以为傲的直觉，将她从女儿的丈夫那里感受到的硬推往别处，要将女儿和女儿的丈夫从自己身边赶走。

我想母亲可能永远也无法想象，到底是什么动机促使她做出那样的行为。晚年的母亲，不仅成了一个念旧的人，也受到了她父亲西村茂树①在现代依旧要保守这一观点的影响。

母亲虽为女性，但她的一生非常生动且多彩，反映了明治八年（1875）到现在约60年间日本中产阶级的经济条件和精神生活的变迁历史。母亲是少见的性格强烈的女性，即便作为一个人而言，这样的性格也不可小觑。如果不是母亲所处的社会中各种牵绊打压了这种性格，使其萎缩、扭曲，我想母亲应该能拥有历经磨炼后成就一番事业的才能。

母亲善于在现在的社会中规规矩矩地遵守、服从常规生活，但她还没有强到可以为了生存而贯彻社会上的某些事情。从某种意义上说，母亲不谙世事、多愁善感、精打细算，是根植于家庭的女性。当母亲没有找到正当的出口，一腔热情突然朝奇妙的方

①西村茂树（1828—1902），日本明治时代的启蒙思想家、教育家，宫本百合子的外祖父。

向喷发的时候，最容易被那危险的火焰烧到的往往是父亲或我。尤其是我，常常一边喊着"啊！可怕啊！"，一边跳来跳去。我爱看母亲那不苟言笑生气的样子，我开心地笑着，偶尔还偷偷摸摸在母亲面前点火，然后逃跑。

这一两年，我过着极度贫困的生活。去母亲那儿的时候，我会突然把手伸出来对她说："快给我吧，给我吧！"同时端着手放在胸口。每当这个时候，母亲那张仍保持着不可思议的美貌的脸就会撇向一边，惊慌失措地说："什么呀，什么嘛！""粗草纸呀！"我这样说着。母亲则一边回答："什么呀，你这个人！"一边露出松一口气的样子，从和服袖子里掏出4张叠好的手纸。我一边拿过手纸，一边看着母亲的脸，大笑着说："母亲大人，搞错了吧！真是小气鬼！"我来势汹汹的样子，让母亲以为我是来讨零花钱的，起了戒备心。

我这个女儿从小时候开始就是和母亲冲突最多的那个，也是在生活的每一件重大事项上坚决地与她的期待背道而驰的那一个。从长远的历史眼光来看，我希望自己是母亲作为女性的一生中最真实、最坚强的继承者，能够理解她混杂着善恶美丑、具有人性的生活的方方面面，并且真实地爱护这些细节。母亲到底知不知道我的想法呢？

1934 年下半年

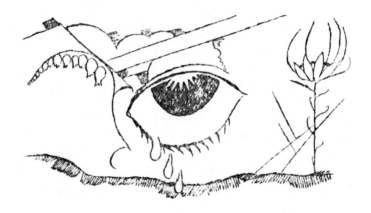

我 所 见 的 高 尔 基

我见到马克西姆·高尔基差不多是距今 8 年前的 1928 年初夏时候。

众所周知，高尔基于 1923 年列宁还在世时，由后者推荐去意大利疗养长年的肺病。

时隔 5 年，高尔基要回苏联了。对苏联同盟的民众而言，这是一件让他们极感兴趣和感动的事情。高尔基，这位大众熟悉的作家，会如何看待这 5 年间苏联同盟高速发展取得的社会建设成就，又会如何看待文学及文化的进步之姿呢？

在高尔基决定回国的那个春天，莫斯科、列宁格勒和其他主要城市特别举办了展览会，欢迎他归国。以当时的拉普为首[1]，学校的文学部、人民文化委员会的艺术部等共同参与其中，实在是非常有益的活动。

---

[1] 俄罗斯无产阶级作家协会，1925 年组建的苏联文学团体。

展览中不仅展出了高尔基的原稿，而且有 1905 年高尔基因撰写宣传文而被关进彼得罗巴甫洛夫斯克要塞[①]监狱时的照片，甚至还有他与托尔斯泰、契诃夫等人一起拍摄的纪念照片，他与列宁一起下国际象棋的照片等，令人颇感兴趣。

展览会打动我的一点是，没有展出一张高尔基幼年及少年时代的照片。苏联同盟的幼儿园墙壁上，挂着列宁大约 3 岁时的可爱照片。然而，高尔基却没有一张童年时代的照片。高尔基在传记作品《童年》《在人间》《主人》《我的大学》中描写了自己连照片都拍不上一张的幼年及少年时代。我们仅从没有留下一张照片这件事也能想象到，年幼的高尔基在他稚嫩的心中抗争着，他是在野蛮的、没有爱的晦暗环境中成长起来的。

这次展览会统计了在俄国年轻人中哪位作家的作品最受欢迎。我想，外国作家中最受欢迎的是杰克·伦敦，俄国古典作家中最受欢迎的是托尔斯泰，现代作家则是高尔基。

高尔基从艰难的生活中对人生形成了各种复杂的印象，出于无法压抑、想要一吐为快的心情，他开始了小说的写作，那时他 23 岁。此后 30 多年间，高尔基的作品在全世界流传，源源不断地给予那些要成长为文化传承者的年轻人信心，让他们相信

[①] 圣彼得堡著名的古建筑，彼得大帝 1703 年创建。最初是圣彼得堡一处防御地点，18 世纪 20 年代至 20 世纪 20 年代初期用作关押政治犯的监狱，1924 年起改为博物馆。——编者注

社会发展的可能性，也带给他们同屈辱战斗的勇气。

高尔基从意大利回到莫斯科的时候，受到了空前热烈的欢迎，他感动得说不出话来，几乎快要流泪了。这件事无人不知。

莫斯科自然不消说，高尔基甚至还去了俄国南方巡游，之后抵达了列宁格勒。刚好我也住在他下榻的欧洲大酒店。我通常不喜欢拜访名人，但高尔基我想见见。

于是，我在一张小卡片上用蹩脚的俄语写道："一名日本女作家想拜访您，不知您是否有时间？如果您同意见面，请告诉我合适的时间。"高尔基简单地回复道："明天9点等候来访。"

到了约定的时间，我敲了敲高尔基的房门。这是一个有2扇窗户的房间，室内并没有什么特别的东西。只是桌子上剩了一片烤面包，好像是高尔基与在我之前来访的人交谈时吃的，现在它像被人遗忘了一般放在盘子里。

高尔基从隔壁房间和他的儿子一起出来了。他是一位个高、肩宽的长者，留着我在照片中见惯了的胡须，穿着浅灰色的法兰绒衬衣，外面简单套了一件灰色的外套。握手时，我感受到他的手掌宽大、温暖，而且很干燥。我的心被这触感击中，这是向着太阳生长的壮丽杉树啊。

我们简单地聊了聊苏联文学、日本文学，我简短地谈了谈自己对皮利尼亚克①去日本后写的《日本印象记》的感想。我认为，皮利尼亚克的文章装腔作势，或许很有趣，但他并没有描写日本这个国家的实际情况。在作为女性的我看来，皮利尼亚克与其他欧洲作家一样，将艺伎描述成了一种充满巨大幻想的美丽事物，这让我对这位苏联作家感到不满。

不管怎么说，那时以我的俄语水平来说这些，高尔基或许很难抓住重点，但他以与生俱来的专注和那即使年迈也从未衰减集中力的目光看着我说话，不时微微点头。当我问他如何看待皮利尼亚克时，他用一种毫不掩饰且极度悲伤的表情对我说了3个字：

"唉，他呀。"

他说了这样的话。仅凭这语气，几乎就能知道这是给出了决定性的评价。这句话绝不是表达个人的轻蔑，但从中我能感受到他明彻的力量。他在长时间阶级文学的训练下，锻炼出了一种巨大的人格力量——能够洞察显现在这世上的才能有多大、有多真实。

我们又聊了聊日本的事情。高尔基问我，在日本，女性是否可以自由地出版书籍。我说可以，并反问他为什么要问这个。

高尔基解释说，墨索里尼没有赋予女性出版权。当女性作

---

① 皮利尼亚克（1894—1938），苏联作家，苏联文学奠基人之一，曾到访德国、英国、日本和中国等。

家想要在意大利出版书籍时，她需要得到丈夫、父亲或其他在法律上有监护权的人的许可。他说："她们在美丽的意大利天空下，过着那样的生活。"

我与高尔基见面交谈的时间至多不过1小时，这对高尔基的一生而言，几乎是一个转身就忘却的瞬间，对我的一生而言，也着实是非常短暂的一刻。然而，他的风貌直接给予我深深的信赖感，他在各种历史节点上，以恒定不变的努力与正直挣扎求生至今，是一位人性上的胜者。那种感动将伴随我的一生，不会消散。

过去，要说到伟大的作家，那就是莎士比亚和歌德。可是，莎士比亚在他的时代开展了那样辉煌的戏剧活动，当一直照拂他的伊丽莎白女王去世后，他就带着处心攒下的积蓄回到了有土地和房子的家乡，那个他在年轻贫困时因卖掉了领主的鹿而无地自容的村子，在那里悠闲地过起了隐居的生活。另外，歌德是一个拥有那样巨大才华的人，可晚年的他也写了嘲笑法国大革命的诗。

不过，高尔基和他们有着截然不同的晚年生活。1932年，作为其文学活动40周年庆典的纪念，终于将他和大众的党组织联系在一起。之后的4年间，他开展了丰富的文化、文学活动，其中洋溢着的信念，闪耀着的对年轻新社会的期待和爱，大家觉得如何呢？

高尔基取得的成就，本质上就与莎士比亚、歌德等人迥然相异。1890年的俄国文坛，高尔基的出现首次让大众了解到隐藏在民众中的人性力量、文学能力具有如此强大的可能性。在那痛苦的反动时代，高尔基经历了有着诸多他难以理解的困难的"1917 年"[①]，而他在大众发展、建设社会的同时，仍能不断扩展自我。在这方面，晚年的高尔基完全是大众最尊敬的代言人。

虽然他的才能早年间就因其个性丰富而吸引了世界的注意，但在苏联同盟的历史中、全新的人类社会基础上，晚年的高尔基展现了一个典型，即个人才能如何在社会和国际上取得丰硕成果。这也是高尔基在文学世界中首次达到的辉煌成就。

高尔基的文学成果非常丰富。1932 年前后仅在日本翻译出版的全集就有 24 册。我想，他在之后的文学活动中一定产出了更多作品。值得向他学习的东西非常多。其中，我想在回顾他的一生时，能够给予我们巨大暗示的一点是，在他早期作品中出现了无人不知的浪漫主义要素及其发展的过程。

正如我们在其多部含有自传性要素的作品中所了解到的那样，对高尔基而言，从懂事起到 1901 年左右，着实是一段痛苦的时期，那是尚未明确方向的斗争时代。年轻的高尔基天生对屈辱敏感，追求人类生活的明丽与美好，但他在现实生活中无休止地看到的，是当时俄国民众的落后无知、酗酒烂醉和对巨大才能的浪费。

---

① 俄国十月革命发生于 1917 年。

高尔基的本性中，他无法做到对这种现实妥协。而且，他也不能像某些人一样，为了让自己适应这种屈辱而自我驯化成一个懂事的人。虽说如此，但对当时年轻的高尔基来说，仅凭一个青年的力量要立刻改变周围的环境当然是不可能的。而他振奋的精神、追求更好生活的热情，并没有因此沉寂下去。

　　所以，高尔基在笔下各种人物的性格中，表达了他不为痛苦所屈服，对于为了日常生活里狭隘的舒适而庸庸碌碌这种状态的轻蔑，歌颂了对应许给人类的伟大之物的渴望。

　　在高尔基浪漫主义的社会性起源中，包含了以上种种性质。晚年，高尔基回忆自己在那个时代的作品及创作的态度时说道：

　　"那个时候，我试图用一种光荣的语气来谈论难以忍受的人生苦痛。因为我不喜欢抱怨。"

　　当时的高尔基抵抗着周遭施加的重压，为了守护内心的火种，不让自己被腐蚀，他需要从自己旺盛的生命力中产生的浪漫主义。如果高尔基没有将内心无法抑制的热情与让全人类过上更美好生活的希望，以及为了达成这一目标而努力的意志相结合，那么作为作家的高尔基就只是一个浪漫主义者，或者是一位经历丰富多彩，但无法教给我们任何东西，空有豪言壮语的唠叨作家，不久就会被人遗忘。

　　使高尔基免于落入这种境地的，是那时常将他满溢的文学才能引入正道，并不断向前推动的独特正直感，那是有勇气直面现实的能力。这种能力使高尔基明白了在漫长的历史波澜中，那必须与自身相结合的意志到底在何处。

这种能力使得高尔基年轻时就看透了自身的浪漫主义，也就是保护他血液纯净的力量，也看透了历史中最为积极的现实的可能性，为此他不惜付出全部努力。在这一点上，他在没有羽翼的日常主义者中，融入了一种或许可以被称为浪漫主义的力量。

对于生活在现在这个时代的我们而言，高尔基走过的道路有着无限的深意。高尔基在对年轻劳动者中有志于文学的青年们的寄语里说道："我支持浪漫主义，只不过，是在对浪漫主义附加最为本质的条件的基础上。"我想，他这样的话正说明了上面的问题。

此外，对于他为什么要写小说这一问题，他这样回答：

"困难的生活给我留下很多印象。我觉得自己必须说出来。"

他向我们对比着展示并批评了两个有作家抱负的工人寄来的信。其中一名工人这样写道：

"啊，其实我的生活很是郁闷，甚至连小说也写不了，可我想成为作家。"

而另一名工人的信里是这样写的：

"亲爱的高尔基，我无法抑制自己将过去经历的种种战斗、那期间的体会写成小说的心情。"

高尔基认为，无须解释也能看出这两个有作家抱负的人中谁的动机是健康的。文学不是对现实的一种逃避，高尔基说。

"即便文学是神创造的，它也是为人类服务的。"因此作为作家，"最重要的是在错综复杂的历史事件中看见自己，然后将自己的意志与全人类的意志、与正在创造向善之物的意志相结合。人生的意义就在于与其中包含的阻碍伟大创造的意志对抗。"

1936 年 8 月

关于欣赏细腻的美

以"春"之名的自然馈赠囊括了所有的美丽，在我们的眼前一天天孕育、长大。

当我仰望晴朗高远的天空，看着木兰的白色花儿在蓝色、紫色中浮现，我的心中只有对这惊心之美的感谢与赞叹。

或许，反反复复地讲述、描写"美"并不是一件好事情，但我终究做不到沉默不语。

就像是高兴时想小声地唱歌一样，哪怕用低沉的声音喃喃自语，我也觉得必须说点什么。

我认为一切事物的美可以分为：

宏大统一的美，

十分细腻的美，

或者是栖息在乍一看不会给人的内心带来任何波澜的事物中的美。

虽然这种划分方法十分粗略，但我认为在不同颜色中感受到的美、因联想而感觉美丽的事物，都可以包括在这些美的类别中。

大多数情况下，一切宏大、统一的美根据颜色的搭配，要么就是看起来很美，要么是看着不像样的东西，令人恼火。

我们需要关注并打理我们的外在，此外，当我们在看别人的外在时，应该也是一样的心情。

关于非常细致的美——我尤其认为此处有必要使用"非常细致"这一说法，所以加上了——我国自古就有的刺绣、描金画表现得很成功。

乍一看并不吸引人的事物中隐藏着的美，我认为是无比珍贵的，也是最令我喜悦的美。

我可以把这种美说成是无条件的细致的美，或者是细腻的美。

虽然它是一种极为精巧的、细致的美，但它以巨大的魅力和威严在我们的上方高高地照耀着。

这种美在大多数情况下生长于自然中，无处不在，无时不有。

就像是在任何事情上都温柔以待的母亲一样，这种美具有让我们欢笑、让我们流泪的能力。对此我深信不疑，于我而言也的确如此。

在那煞有介事般装腔作势的美的背后，总有种死板的感觉。

以人类为例，就像是住在兜町①、年近四十的男子投机取巧的模样。

然而，唯有我所认为的美，无论在哪个层面来看，都不会令人反感。

纯朴——娴静——虽然如此，但也有不随意怠惰的严苛性。

尽管我们能自发地去迎合那种美，但拥有由美而来，却并不进入我们内心的鉴赏力，这和从装腔作势的美出发来靠近我们的方式全然不同，它是珍贵的。

这种美几乎不会出自我们的手，大多生长在自然之中，这也是应该的事。同时，我也希望它无法由人力创造。

即便是在一小撮土的黑色物质里，只要愿意观察，你就能发现其中有着无法想象的美。

没有色彩搭配，也没有什么联想，但就是有一种说不清、道不明的情感从那种美中涌出来。

然而，在秋天里，当那无名杂木的树叶变成毫无雅致可言的茶色在空中摇曳的时候，我想，似乎再没有什么比得上红叶的美了。

不过，当我看见微弱的日光淌过树叶，叶片的边缘出现了极细、极薄却耀眼的金线，看到它一边闪耀着光辉，一边露出优

---

① 位于东京都日本桥，以东京证券交易所为中心，汇集了许多家证券公司。

雅微笑的样子时——

这样的景致，令我的眼角毫无来由地溢出泪水，心中盈满喜悦、谦逊和希望。我感到自己在那种美中呼吸着。

我可以对世人说我谁都不惧。

我想，即使是不怕看到人的鲜血，整日活在斗争和罪恶中，丝毫没有悔过之意、没有怜悯之心的人，一旦其内心被那种美浸润过，也一定会流下悔恨和欣慰的泪水，并对那种珍贵的美充满感激。

虽然我不认为神不存在，但也不会对此深信不疑，每日祈祷。可是，我奉于这美的祈祷，会延续至我死亡之时，持续不断。

同狂热的信徒只是拜了圣母像就看见自己的光辉未来一样，我也因这种美而感受到了一切。

在接触到这种美的时候，我存在于我之外的我之中，变得像孩子一样天真坦诚。

它使我可以爽快地回应任何人，可以敞开心扉纵情欢笑。

我打心底里赞美这种美。

而且我相信，即使地球毁灭，这种美也会像全然不知毁灭为何物一般，继续闪耀着。

无论是在黑暗中，还是在冰冷的角落里，都有美的存在。如果还是有许多人不认为存在着比普通的美更加珍贵的美的话，那么这些人只能从自然界获得一半快乐。而且他们是可怜的人。

"对自然没有反抗心的人很少。"我听说有位比我年长，资历和名声均远在我之上的人这样说过。

然而，我全心全意地赞美、崇拜大自然。而且我知道，这让我现在感受到幸福。在相当长的时间里，我都是一个亲近自然的人。

最初只是觉得伟大，感受着那极其细致的美，其间我竟意外地发现了这令人惊叹的细腻的美。

在我写作时，很多时候，这种美的力量就在我的心底发动。然后我可以写我所想，歌我所感。

开始感受到这种美，于我而言的一个变化是，自那之后，我的心似乎可以在自然中畅游了。

无论我走到哪里，这种微妙的美都会用比宝石更珍贵的、无可比拟且不可见的东西为我建造一座心的宫殿，并引诱我进入。

这个世界上，有谁会轻视自己所信仰的神吗？

有谁会憎恶生下了自己的母亲呢？

我想到了人们对待自己信仰的神的心情，想到了人们对产下自己的母亲的感情，想到了这令人尊敬的细腻的美。

摒除善恶，我只想将赞美与祝福献予我所爱之物，就此搁笔罢。

1914 年 3 月

宫本百合子
年表

● 1899 年，2 月生于东京市一中产家庭，父亲为大正时期著名建筑师；10 个月大时搬至北海道，在札幌生活到 3 岁。

● 1905 年，就读东京市驹达的驹本寻常小学（现为文京区立驹本小学），后转入名校诚之寻常小学（现为文京区立诚之小学）；父亲前往英国留学。

● 1907 年，6 月父亲回国。

● 1911 年，就读东京女子师范学校附属高等女校（现为御茶水女子大学附属中学）；暑假开始尝试写小说，模仿与谢野晶子的《口语译源氏物语》，撰写长篇小说《锦木》。

● 1916 年，就读日本女子大学英文科；根据历年去福岛县乡村祖母家的经历，创作了《贫穷的人们》并刊于《中央公论》。

● 1917 年，陆续发表《阳光灿烂》《三郎爷》《大地丰饶》等作品，《贫穷的人们》出版单行本。

● 1918 年，9 月和父亲去美国纽约留学。

● 1919 年，成为哥伦比亚大学旁听生，与语言学者荒木茂结婚；11 月在《中央公论》上发表《美丽的月夜》；12 月回国。

● 1924 年，在夏目漱石女弟子野上弥生子的介绍下，与俄罗斯文学翻译家汤浅芳子认识，开始创作长篇小说《伸子》（《逃走的伸子》原名）；夏天与荒木茂离婚，后与汤浅芳子同居；《伸子》于《改造》杂志上连载。

● 1926 年，《伸子》连载完结。

● 1927 年，继续创作发表了如《高台寺》《帆》《未开拓的风景》等短篇小说；12 月与汤浅芳子前往苏联旅行。

● 1928 年，《伸子》出版单行本；8 月，二弟英男自杀。

● 1929 年，5 月前往柏林、维也纳、巴黎、伦敦等地旅行。

● 1930 年，11 月回国；12 月加入日本无产阶级作家同盟，积极参与无产阶级文学运动。

● 1931 年，9 月组织妇人委员会，倡导女性阅读、参与文学创作和社会活动；10 月加入日本共产党，成为反法西斯斗争的文艺中坚力量。

● 1932 年，2 月与左翼文艺评论家宫本显治结婚；10 月《职业妇女》《无产阶级文学》等杂志被日本当局勒令停刊，无产阶级文化运动受到压制，相关文学活动被迫中止。

● 1933 年，丈夫宫本显治遭检举入狱。

● 1934 年，1 月遭检举入狱；2 月日本无产阶级作家同盟解散；6 月因母亲病危而被释放。

● 1935 年，4 月发表短篇小说《乳房》；5 月再遭检举，并于次年被判入狱。

● 1937—1942 年，虽断断续续受到日本当局限制禁令，但仍笔耕不辍，坚持创作小说、撰写评论文章；1942 年 7 月在狱中晕厥，停止拘留并出狱。

● 1944 年，丈夫宫本显治被判无期徒刑。

● 1945 年，10 月丈夫宫本显治被释放；12 月，与宫本显治前往日本多地进行演讲。

● 1946 年，1 月，为《新日本文学》杂志撰写创刊文；3 月，与壶井荣等人共同组织的妇女民主俱乐部正式成立；7 月起执笔创作中篇小说《播州平野》《风知草》等。

● 1947—1950 年，创作长篇小说《两个院子》（《小径分岔的庭院》原名）和《路标》。

● 1951 年，1 月因败血症去世。